特别鸣谢

中国摄影家协会会员刘福海先生，

以及为本书提供摄影作品的其他摄影师们！

陕西新华出版
陕西人民教育出版社
·西 安·

刘宁 著

图书在版编目（CIP）数据

黄河中国：踏遍大禹走过的土地 / 刘宁著.
-- 西安：陕西人民教育出版社, 2024.2
ISBN 978-7-5450-9751-1
I. ①黄… II. ①刘… III. ①纪实文学 - 中国 - 当代IV. ①I25

中国国家版本馆CIP数据核字(2023)第235920号

黄河中国
——踏遍大禹走过的土地
刘宁 · 著

出品人 李晓明 叶峰
总策划 秦桦
责任编辑 杨海燕
责任校对 雷琦
书籍设计 张晗蒴

出版发行 陕西人民教育出版社
地址 西安市丈八五路58号
经销 各地新华书店
印刷 成业恒信印刷河北有限公司

开本 787mm × 1092mm 1/16
印张 17.25
字数 300千字
版次 2024年2月第1版
印次 2024年2月第1次印刷

书号 ISBN 978-7-5450-9751-1
定价 108.00元

题记

三年多来，沿着黄河岸边行走，河之殇与河之荣，时时在我心头荡漾。黄河四季气候变迁，不同地域人们的生活，村落、乡镇、城市这些概念互换、交织在一起，游牧、农耕、工业、生态等不同文明样态重叠交替。农民们的汗水在岸边滴淌，工人们的辛劳在高铁上疾驰，老人们的笑容在原野上绽放，孩子们的笑声在江河上流淌。我的黄河，我的家国！

序曲

茫茫禹迹，画为九州。

我不是大禹，却梦想踏遍大禹走过的土地。

冬去春来，夏明秋高，我想为河流谱写四季歌！我曾在青海、四川、甘肃、宁夏、内蒙古、陕西、山西、河南、山东九省区行走，历经几个春夏秋冬，行程5000多千米。三年多来的黄河之旅，我没有集中一段时间考察黄河，而是采取边走边读，边体验边思考的方法亲近母亲河。这是一种历史地理的研究方法，也是一种社会学的田野考察方式。以分解的方式考察黄河，我认为会对黄河的认识更深刻、更细致、更多样。采用实地考察与文献研读相结合的课题研究方式，使得我脚踏出来的黄河故事更真切地接近黄河本真，也使我发现的黄河故事更丰富，更具独一无二性。

考察不是一次完成的，踏过的河流和土地将按照由源头到入海口的顺序讲述。考察以黄河几大重要支流为对象，分河湟、西海固、河套、河东、陕北、关中、河洛、齐鲁八大自然人文地理空间，以“河流文明”“寻水脱贫”“水利灌溉”“家国命运”“革命风云”“斗争生活”“危机四伏”七个主题展开，着重考察农耕文明在黄河流域发生的变迁，以及由此引发的当代中国人生活的变化。

河湟地区是黄土高原与青藏高原交接之地，也是青海省最发达的地区，是青藏高原向东开放的门户，自然景观以山脉、河谷盆地相间排布。在这一区域，2017年夏季我着重考察了西宁、兰州这两大河湟地区城市，以青海省标志性湖泊青海湖为分界线考察青藏高原农耕与游牧两种文明。大通河畔油菜花海景点，体现农业经济作物向生态农业景观转变，是高原农业生产嬗变的一个缩影。青海是黄河源头所在、“中国水塔”所在，考察着力围绕“水塔”功能来展现河湟故事的主题。

西海固地区是黄河流域严重缺水和贫困地区。2017年7、8月对这一地域考察的背后，承载着我对黄河流域发展不平衡现象的思虑。从固原市到蔡川村、掌湾村，再到同心县山区，然后进入海原县李俊乡，经火石寨到西吉县，最触动人心的是该地区的严重缺水问题。有水才能生存、发展，缺水是制约西海固发展的重要原因，引水也就成为西海固摆脱贫困的关键因素。今天，在宁夏宁南县已经兴建了部分扬水工程，但是靠天吃水的现象仍然存在。在西吉县丘陵山地，人们通过修建梯田、筑坝淤地、植树造林、植被自然恢复等方法，有效地控制了水土流失。黄土高原上的梯田形成以保水、节水为核心的旱作农业体系，人与自然和谐共生，黄河流域生态环境显著改善。

河套地区是黄河流域重要引黄灌溉区，中华民族的农耕文明因黄河向北推移了几个纬度。天下黄河唯富河套，所富河套者在于水利灌溉。因此，水利是2017年国庆期间河套地区考察的主题。考察点为银川、青铜峡、中卫、呼和浩特四个城市，延及呼和浩特的托克托县双河镇河口村——黄河上中游分界处。游牧与农耕两种文明在河套地区表现鲜明，这一地域在新时代发生了怎样的变化，是我的重点考察内容。考察第一站银川，黄河对于银川的意义在于，没有黄河便没有宁夏平原这片绿洲。第二站青铜峡是认识宁夏引黄灌溉工程的一个重要节点。从秦时到当代，两千多年来宁夏水利事业发展脉络，集中在青铜峡九大灌溉渠上。大禹导河于青铜峡，用青铜斧劈开贺兰山的传说，以及青铜峡黄河西岸108座佛塔，充分展示了黄河文明的丰富多元性。第三站是中卫，黄河从中卫黑山峡进入宁夏。在中卫感触最深的是羊皮筏子退出黄河航运，黄河玻璃桥增加了黄河的观赏价值，川流不息的中卫火车站印证了这座旅游城市的兴盛。与银川不同，呼和浩特浑身上下散发着一种现代、宏阔气质和浓郁的草原气息。河口村将黄河上中游分开，在此看到黄河水运衰落，新的交通运输方式正在改变人们的生活方式。

河东是华夏文明的重要源头之一。2016年春节期间我进入这个地域考察。山西平陆县与河南三门峡市一河之隔，黄土高原上的窑洞现在绝大多数已被当地农民废弃，三门峡水库库区移民新建家园。青砖瓦房与黄土窑洞代表着黄土高原上两个不同时期农民的居住状况，而民居是反映农耕文明的重要建筑。在河东地区走进巍巍中条山，寻找当年三秦八百子弟兵投黄河处。如今抗日战争的硝烟虽已散去，但中华民族保家卫国、抵御外敌入侵的精神却已注入民族灵魂深处。黄河是一条与民族生死存亡紧密联系的河流，黄河的故事折射民族历史。

陕北是中国革命发展壮大的地域。因此，革命是陕北黄河流域考察的主题之一，具体分为红色革命、绿色革命、饮食革命、农业革命等方面。2017年1月、5月，2018年4月三次考察陕北：第一次在神木市境内考察窟野河，府谷访谈田清拽，着力想了解新时代陕北人走西口的情景，以及今日农民进城后的日常生活情景。第二次在延安考察，从杨家岭、凤凰山到梁家河，考察目的是了解中国革命从哪里来，又要到哪里去。第三次考察壶口瀑布和黄帝陵。壶口是黄河上唯一的瀑布，是诞生《黄河大合唱》的重要场域，从壶口到黄帝陵的考察，加深了我对中华民族同根同源的认识，触动了我对抗战期间国共两党塑造民族精神的不同结果的深刻考量。激情燃烧的岁月已悄然而去，陕北黄土高原上发起的绿色革命，是新时代中国共产党人下决心治理黄河的征程。

山川变绿，黄土高原水土流失得到有效控制，陕北又一次走在时代发展的前列。

关中地区是中国农耕文明重要发祥地之一。我以泾渭河流域为考察对象，先后考察泾河岸边的泾阳县、太平镇、茯茶小镇、泾惠渠首张家山等地。从两千多年前的秦国开凿郑国渠到今天横建在山谷中的张家山泾惠渠首，关中水利事业的发展，正是中国农耕社会水利发展的缩影。现在泾河畔的老百姓一部分正在跨入城市生活行列，袁家村这个每日人流量过万的关中村庄，代表了中国农业文明转型发展的一个方向。古老的中国正在发生着日新月异的变化，农耕文明受到商品经济、现代化的强烈冲击。泾河人家与打着“农”字旗号的袁家村分别走出不同的发展道路。以咸阳这个渭河流域城市的变迁，以及秦岭北麓人家的生活变迁，来考察渭水流域，是我思考关中农耕文明裂变的角度。

河洛地区是中华文明又一重要发祥地。三年多来，我四次进中原考察河洛地区，探究中原地区城市与农村生活的变化。第一次考察洛阳定鼎门世界文化遗产遗址、龙门石窟、白马寺、明堂和天堂。二进中原考察少林寺、嵩山、嵩阳书院，在伊洛河入黄处巩义神北村首次接触到河南的黄河，第一次看到黄河控导工程，对下游河患有一定认识。在巩义康家店考察了康百万家园，在河洛镇大力山下拜谒巩义石窟。抗战期间，国民政府在河南布防兵力四五十万人，中国共产党领导的抗日军民配合正面战场，与侵占河南日军先后十多次大规模激战，走进中原处处可见抗战留下的痕迹。如今黄河安澜，人民安居幸福。三进中原正值洛阳牡丹花会期间，体会高铁朝发朝至的感觉，饱览“洛阳牡丹甲天下”的美艳，感受春风十里洛阳路的惬意。此次进中原，另一大收获是考察了小浪底水利枢纽工程。4月抵达小浪底，没有看到调水调沙的壮观，但对黄河清有了深入认识。四入中原考察东坝头、兰考县城、开封北郊的柳园口，以及1938年黄河大决口的花园口、郑州黄河大桥和黄河中下游分界处桃花峪，此次考察的是黄河下游最容易决口的地方。几千年来，人与河斗，河之殇深印在中国人心头。黄河冲毁家园与保护家园、重建家园紧紧联系在一起。河治则国治，安澜则民安。走过中原大地时，寻踪了1952年毛主席视察黄河时走过的地域。铜瓦厢在一百多年前的水灾中湮没，今日东坝头坝址处黄河险工比比皆是，而黄河危险之地远不止这一处。柳园口以历史上六次黄河决口闻名，花园口以1938年黄河决口人尽所知。最后在夜色里登上郑州邙山最后一段山崖，山下是桃花峪——黄河中下游的分界处。黄河让中国人担惊受怕的日子过去了。

齐鲁大地是滨海文化所在，是黄河流经的最后地域。2017年8月，我在泰山、曲阜、济南泺口、东营黄河入海口四个地方考察。这一区域考察主题是危机。民国时期的泺口镇即今天济南市北郊区，历史上多次遭受黄河灾害，曾使济南河边多是背井离乡之人。而与这些普通人命运不同的是曲阜孔家，两千年来孔子儒家文化在历史的长河中几经传承，几经变异，某种程度上反映着中国传统文化坚守的表征。

黄河进入滨海地区，与青藏高原、黄土高原不同，海洋文明与高原文化、中原文明不同。至入海口，我才算真正完成了黄河之旅考察任务。

无疑，三年多来的黄河岸边行走使我深刻认识到：善治国者必先治水，国家治理与黄河治理密不可分。中国水利系统的功效是多方面的：一些用来防治水患，黄河两岸的堤坝首先是保护该地域的老百姓不受水患侵害，不遭灭顶之灾，从而安居乐业；一些用来保护农田，在可以引黄灌溉的地方，发展农业生产。建造和维护水利系统通常需要大量的人力、物力和财力。因为大堤自身有损耗，需要对其进行加固，因为泥沙沉积，需要疏浚沟渠，还需要随着河床的增高而加高堤防，并且几乎所有的水利系统都有水文不稳定的状况，这就使得疏浚和固堤成了两项长期的工作。更何况两千多年来，黄河无数次以山东丘陵为中线上下摆动，要么从山东丘陵的北部注入渤海湾；要么南下夺淮入海。黄河铁尾横扫华北平原，致使华北平原长期以来处于不稳定状态，更使治理黄河在整个华夏文明史中成为重要的民生工程，其成功与否甚至关系到政权的稳定性。从传说中的大禹治水到新中国的黄河治理，治黄一直是历朝历代头等大事。大禹因治水成为英雄、帝王，大禹治水走过的土地成为华夏界域；汉明帝治理黄河，让黄河八百年不曾泛滥；清康熙帝治理黄河让水患安定了上百年。中国历史上但凡有作为的朝代基本上都在治黄方面下过大功夫。中国国家权力的早期形成，极可能与防御和集体的水利事业有关，亦与控制集体劳动的人力有关，而与土地所有制没有直接关系。由此可以类推世界其他河流孕育出来的国家，古埃及国家的产生与尼罗河洪水的治理有关，现代考古发现也表明美索不达米亚早期国家机构组织的出现，与引水、用水的需要和斗争有关。

三年多来的黄河沿岸行走，使我意识到：黄河流域是中国革命的舞台，也是中国追求现代化的重要场域，中国共产党延伸了黄河和华北的象征意义，将其与农民和革命精神联系起来。通过枪杆子取得政权，中国共产党在1949年之后延续了革命斗争的话语叙述。历史上，其斗争对象包括日本侵略者，国民党反动统治，还有桀骜不驯的黄河。20世纪的黄河水患给中华民族造成了巨大的心灵创伤。新中国成立之前黄河的肆虐，尤其是蒋介石的“黄河决堤，以水代兵”之策造成的社会与生态创伤犹存。是中国共产党抓住治理黄河契机，创造了中国治黄史上的奇迹，在社会和国际上树立了威信。从1855年黄河最后一次在河南铜瓦厢大改道，黄河北流在渤海湾入海，距今已有160余年。按照黄河发展规律，黄河早就应该改道了却没有改道，就是因为下游人民铸造的“黄河长城”。中国共产党形成于我国南方，但是发展壮大于黄河中游流域，黄河为抗战时期中国共产党及其领导的革命军队从陕西到山西的地理空间上的迂回，为后来夺取全国胜利创造了条件。而20世纪后半期新政权通过对黄河流域生态环境保护与高质量发展，更通过对黄河的治理不仅赢得人民的拥护，而且创造了一个崭新的社会主义“黄河中国”。

三年多来的黄河岸边行走，我看到：20世纪以来，河流的综合开发利用是中国现代化建设的应有之义。1955年国家提出关于根治黄河水害和开发黄河水利的综合规划。报告提出了黄河综合利用规划，包括远景规划和第一期规划。远景规划就是黄河干流梯级开发规划：第一段龙羊峡至青铜峡，水力发电；第二段青铜峡到河口镇，灌溉和航运；第三段河口镇至龙门，发电；第四段龙门至桃花峪，防洪、发电。不言而喻，中国共产党在继承前代加强下游堤防，整治下游河道的治黄方案的同时，大规模兴建水利水电工程，是建设中国现代化的战略举措；积极开展中下游水土保持工程，是保护中国生态环境惠及子孙万代的应有之举。

三年多来的黄河岸边行走，我深刻认识到：黄河文明是一种典型的农业文明，在文明发展程度上表现出一种先进性和早熟性，在它的文明延续中又经历着不断创新发展。中国人利用黄河水展示中国智慧，创造更加灿烂的辉煌。因此，我的黄河之旅正是对古老黄河文明的巡礼。在最北端，我踏上长城沿线，在最南端，我看到黄河与淮河勾连。河流文明是最原始的文明，也是最稳固的文明。蜿蜒5464千米的黄河，将青藏高原、黄土高原、内蒙古高原、华北平原连缀起来，将藏族、回族、撒拉族、东乡族、蒙古族、汉族等多民族整合在一起，使农耕与游牧，以及商业文明交织互生。黄河文明看似大河文明，实际这条大河是由一个个支流汇聚而成，黄河发挥着贯通东西的作用。因为有黄河，才形成了中华文明丰富的统一性与历史的绵延性。愈是在黄河岸边行走，愈觉得考察的地方少、时间短。想多看看、多听听、多跑跑，让黄河真正进入我的生活，让黄河岸边的人们进入我的视野，让古老的中华文明融入我的血液里来。

然而，古老的中国正在发生日新月异的变化，黄河流域的人们也正在经历不同于以往的新生活。传统的农耕文明逐渐退出黄河流域大舞台，工业文明、信息文明、生态文明，以及新农业文明相继在黄河流域诞生。社会发展的车轮滚滚向前，黄河流域所拥有的人文资源、历史遗迹、文化精华，是长江流域以及其他流域不能替代的，尤其是在社会物质财富不断富裕的情况下，人类对精神文明和文化生活的追求越来越高，黄河拥有的精神价值和意义日益凸显出来。

文明是和人们的生活息息相关的事情。中华民族战胜了洪水，保障了黄淮海平原的安全，使黄河两岸人民安居乐业，工农业生产取得突飞猛进的发展，治黄成效斐然。据专家测算，人民治黄七十年，累计产生经济效益达110678亿元。黄淮海平原上的农业生产和自然面貌发生了很大的变化，黄淮平原上的土壤已深翻改造为丰收的水稻田，黄河以北已开发七大油田和五条新铁路，新兴的工商业城市如雨后春笋般遍及整个平原。而面对这些成就则使我们更多了一份对黄河长治久安的使命感。

社会的变迁从老百姓的日常生活开始，最终社会文化的更替也会体现在老百姓的衣食住行、婚丧嫁娶、文化精神生活等方面，黄河流域人们的生活变迁何尝不是因为这个古老的国家发生了巨大社会转型呢？中华文明的根本在于农耕，中国人口中所占比例曾经最大的是农民，中国土地最广阔的在农村，然而现在它们都在嬗变：乡村变成城镇、农民变为农民工、农业种植生产正在被农业生态旅游或新兴科技工业替代。黄河上游的游牧民族由逐水草而居，变成现在的定居生活，黄河中游居住窑洞的农民，现在住进四合院、砖瓦房，平原上的农民搬进了高楼。生活日日更新，人人寻找自己的位置。生活在前进，虽然泥沙俱下，却也正是映照生活的丰富性。

毋庸置疑，黄河日夜以其滚滚巨流奔腾在中国大地上，万古不息，成为最好的历史见证。

河东故事

陕北故事

目录

齐鲁故事

尾声

HEHUANG GUSHI

河湟故事

一部黄河史就是一部河流文明史。

一部黄河史就是一部岸边人们的生活史。

青海是黄河、长江、澜沧江三江源头，这是中国其他任何一个省份都不具备的资源优势。我在青海的考察主要集中在河湟地区。因为这里是黄河上游古文明聚集之地，也是我国重要农牧业发展区，河湟故事恰是高原人们生活的缩影。而水是生命之源，农业之本，生活必须，工业发展必备的物质，青藏高原是中华的“水塔”，黄河源头的汩汩泉水正是这“水塔”的组成部分。正因为如此，本书从黄河之水讲起，并贯穿始终。

壹 黄河之水天上来

李白诗云：“黄河之水天上来，奔流到海不复回。”这两句诗写出了黄河奔腾不息的豪迈气概，许多人认为李白的“黄河之水天上来”是一种艺术夸张手法，事实上，从黄河发源的青藏高原来看，高原大部分地区海拔高度在3000米以上，黄河无疑是从“天上”奔流而来的。青藏高原总面积达250多万平方千米，在全国地理位置上非常重要。且高原西南面较高，东北面较低，呈现出从西南向东北的倾斜趋势，这一地理走势使发源于青藏高原上的山脉和河流多呈

夜幕降临的青藏高原

东西走向，只有流入横断山脉的金沙江、大渡河、岷江呈南北走向。青藏高原西、北、东三面分别与帕米尔高原、蒙古高原、黄土高原以及四川盆地、云贵高原相接，南与喜马拉雅山相连，高耸的喜马拉雅山脉挡住印度洋暖湿气流的北上，造就了青藏高原上寒冷干燥的气候，也因此形成独特的地理人文单元。

青藏高原还是世界上最大的高原湖泊群分布区。我国诸多河流发源地中，最著名的莫过于三江源头。黄河发源于青藏高原巴颜喀拉山的卡日曲河谷和约古宗列盆地。卡日曲的海拔为 4800 多米，约古宗列为 4500 米左右，因此，相比较黄河入海口的海拔来讲，黄河之水确如从天上来。巴颜喀拉山属于昆仑山山系，是中国人心目中的万山之祖，不仅地理位置极其重要，还是传说中神仙居住的地域。《山海经》里写道："昆仑之丘，是实惟帝之下都……河水出焉，而南流东注于无达。"讲的是昆仑山实属群仙居住之所，还是黄河发源之地。

中国古书里记载的黄河源头是多元的。《尚书 · 禹贡》里载："导河积石，至于龙门。"这里的积石山指的是青海循化撒拉族自治县附近的山，人们称之为小积石山。按照古人的认识，黄河源头在循化的小积石山。唐太宗贞观九年（635 年），侯君集与李道宗奉命征讨吐谷浑，兵至星宿海、达柏海（即今天的扎陵湖），望积石山，观览河源。唐人所望的积石山，是东昆仑山系的阿尼玛卿山，又称大积石山。它是藏族人心中的神，藏语里的意思是活佛座前的最高侍者，一年四季有藏族人跪拜朝圣。然而，它并不是黄河真正的源头所在。元世祖至元十七年（1280年），忽必烈命荣禄公都实为招讨使，往求河源，上溯河源到星宿海，之后绘出黄河源地区最早的地图。清康熙四十三年（1704年），命拉锡、舒兰探河源，绘出《星宿河源图》，并撰有《河源记》。康熙五十六年（1717年），喇嘛楚尔沁藏布、兰木占巴等前往河源测图，乾隆年间齐召南在他撰写的《水道提纲》里指出：黄河上源三条河，中间一条叫阿尔坦河（即玛曲），是黄河的"本源"。1952年黄河水利委员会组织黄河河源查勘队，历时四个月，确认历史上所指的玛曲是黄河正源。今天，在玛曲曲果立"黄河源"牛头碑，以标示这里是黄河源头，探源者见到碑身上挂满五彩经幡和洁白哈达，牛头碑四周是玛尼堆。

从玛曲曲果流经约古宗列盆地的河流即约古宗列曲。河水绵延18千米后进入玛涌盆地的星宿海，"玛涌"的藏语意思是"孔雀滩"。从远处看，天水相连，水天一色，一个个海子如银镜一般，在日光照耀下，波光潋滟，如繁星点点在天。在玛涌盆地与约古宗列曲接纳黄河北源扎曲，又接纳南源卡日曲后形成玛曲，即孔雀河。这里是高寒沼泽草甸，春天时，垂头菊、马先蒿、报春花、金莲花、黄花棘豆等50多种植物在草甸上开放，藏野驴、藏羚羊、白唇鹿、斑头雁、赤麻鸭在这里徘徊，大自然在这里构成一幅绝美幽静的画面。穿越一段低矮的谷地和沼泽草甸，玛曲来到扎陵湖和鄂陵湖，这里是黄河上著名的高原姐妹淡水湖泊。扎陵湖在西，鄂陵湖在东，湖面如镜。两湖由一座海拔4610米的措日尕则山相连。措日尕则山顶上也有巨大的黄河源头牛头碑。黄河水出扎陵湖65千米流经黄河上游第一座县城玛多，这里是青藏通道的必经之地，也是进藏最大的驿站和渡口，又称黄河沿，黄河过了玛多县的多石峡就出了河源区。河源区属于湖盆宽谷带，海拔在 4200 米以上，四周山势雄伟，西有雅拉达泽山，东有阿尼玛卿山，北有布尔汗布达山，南以巴颜喀拉山与长江流域分界。黄河流出玛多县在阿尼玛卿山转了第一个大弯，即唐克湾，然后过玛曲，至黄河上第一个水库龙羊峡，然后过李家峡，从积石峡进入甘肃省境内，至此黄河就流出青藏高原了。在流经高原期间，黄河接受上游最大的一条支流——湟水，黄河与湟水冲积出黄河流域著名的河湟地区，包括大通河、黄河上游与湟水流域。

青藏高原上的农业起源很早，在有水利灌溉条件下的河湟地区更是能够旱涝保收。因此，河湟地区是青藏高原农业发展的核心地带。然而，由于气温偏低，高原农作物一年一熟，且品种少，民众必须依靠与高原畜牧业进行产品交换才能满足生活需求。历史上，除了高原内部农牧产品交换外，还一直存在着以马牛羊、皮毛和土特产与中原地区交换茶叶、丝绸、铁制品的贸易，这也就是我们所讲的茶马古道，以及唐蕃古道上中原汉民族与青藏高原上少数民族之间的贸易。

青藏文化是建立在高原游牧业和河谷地带的灌溉农业的基础之上的文化。藏族、羌族、门巴族、珞巴族等民族发源于青藏高原，并且一直以来是高原上的原住民族，撒拉族和土族则是从外地迁入后，在青藏高原形成的民族，汉族和蒙古族也是如此，但其民族主体

不在青藏高原。藏族文化是青藏文化的主体和代表。以雅鲁藏布江流域和江河源为中心的青藏高原的主要农业区域和牧业区域都是藏族世代居住的区域，其他民族没有大规模进入过这些地区。

青藏高原是我国经济最不发达的地区之一，人烟稀少，工农业生产落后，交通不发达，区内目前主要有青藏、川藏、滇藏、新藏等几条公路干线。水资源丰富，但是水资源、水能资源富集区位于渺无人烟的崇山峻岭之中，这对青藏高原水资源的开发利用极为不利。青藏高原的一个显著特点是向东开放。从高原流出的黄河及其支流，流出高原奔向东方，最终汇入大海。青藏高原各民族也如同这东流的黄河一样，在历史上无论经过多少次迁徙，历经多少离合，最终都汇入“中华”这个大家庭中。

河湟故事

青海湖边『花儿』开

青海湖对于整个青海是一个具有坐标性的地域，青海省的命名就来自于它，况且它又是中国最大的高原湖泊，种种原因都使我的考察不能缺少青海湖。2017 年 7 月，我从西宁出发，在通往青海湖的路上奔驰。高原上自有一番景观，蓝天乌云，不时变化。等我们

快驶到青海湖的时候，天已经放晴。夏季的青海郊外满眼青碧，一些地方即使没有高大的树木，也会有一袭绿荫，地毯般的绿茵平铺在滩地上，有说不出的平展。当汽车跑了一段路后，眼前呈现出异常美丽的景观。车右边是黄灿灿的油菜花，左边则是不甚高的、抽着灰白穗的青稞。油菜花一片片的，照得人眼花缭乱，偶有清风吹过，摇曳多姿，使人身心舒畅。

到日月山了，日月山不仅是黄土高原最西部的边界，也是青海农牧分水岭，我国外流区域与内流区域、季风区与非季风区、黄土高原与青藏高原分界线。以日月山为界，青海的东部为农业区，西部为牧业区的基本格局逐渐形成并稳固下来。古时，青海湖周围和今天青海省的黄河源头曾是吐蕃化的鲜卑族——吐谷浑的故乡。这一民族在唐时被大唐军队追击、战败，从此失去高原上的领导地位。6、7世纪之交，吐蕃中、南诸部被首领论赞索统一，论赞索的儿子松赞干布又将吐蕃发展成为一个紧密的联盟。公元641年松赞干布再次向太宗请婚，这便有了文成公主远嫁吐蕃的故事。这次和亲带来中原和吐蕃此后多年的和平关系。

大概文成公主非常清楚从日月山始，她就要离开大唐的边境，真正进入吐蕃境内。此后，故国家园离自己千里迢迢。于是她摔碎宝镜，化为日月二山。车辆停在日月山前，早有一群怀抱藏袍和小羊的女人，一见我们下来便热情地将自家藏袍往我们身上裹。“穿上吧，便宜。”很快她们便把服装租赁费从10元降到5元。任何一段历史或传说，在今天商品经济社会里，都可转化为经济效益。日月山、文成公主和亲的故事正被旅游消费。山坡上是绿绒毯般的草地，几匹装扮起来的牦牛等候游客骑乘。牦牛在青藏高原上是重要的驮运工具，藏语里被称为“亚克”。有句谚语说得好：“青藏高原上的一切都驮在牦牛背上。”如今我骑上这高原上的英雄动物，感觉将整个世界都征服了。

牦牛

过了日月山就跨进游牧区了。远处雪山上皑皑白雪，青海湖近了。青海湖是我国最大的内陆湖泊。先秦时被称为“咸池”或“瑶池”；西汉时为“西海”“仙海”“鲜水”，大概在清代后期才出现“青海湖”这个名称。蒙古语称为“库库诺尔”，藏语称“错温波”，意为青色或蓝色的湖。青海湖不属于三江源地区，但三江源的水生态圈中，不能没有青海湖。《魏书·吐谷浑传》记载：“青海周回千余里，海内有小山，每冬冰合后，以良牝马置此山，至来春收之，马皆有孕，所生得驹，号为龙种，必多骏异……世传青海骢者是也。”这种马风骨俊秀，奔走如风，以之驯育而成的龙种舞马是吐谷浑向中原王朝朝贡的重要方物。如今的青海湖岛上再也不需要养马了。然而，古时马是征战、宣扬国家实力极其重要的战略物资，也是人们日常生产劳动和交通中的重要工具。现在的青海湖畔大面积种植油菜花，青海湖已经变成我们国家重要旅游景点之一。青海湖已经不是青海人的湖泊，而是全国人民的青海湖。人们在这里享受夏日的凉爽，感受它虽不是大海，但却似海的味道。

青海湖东面有一大片草原，这里就是美丽的金银滩。当年王洛宾在这里创作了一曲《在那遥远的地方》，至今人们都记得那个旋律："在那遥远的地方，有位好姑娘，人们走过她的帐房都要回头留恋地张望……"几十年过去了，王洛宾这首名曲的生命力还是那么绵长。今天我们来到青海湖畔，自然又想起这首著名的歌。金露梅、银露梅等草原上的各色野花绽放，湖边聚集了一大堆人，看不到里面，只听到人群围作的圆圈内传出婉转悠扬的歌声，这歌声起先有些低沉，逐渐地升了起来。我陡然明白这就是流传在甘肃、宁夏、青海一带的"花儿"。于是，我使足劲挤了进去，看见歌者手中拿着简易麦克风，穿着朴素，非常专注地演唱。"山丹丹花开刺玫瑰长，莲花开到哈那个路上，我这里牵你那里想，热身子挨不到那个肉肉上。""花儿"亦称为少年，或者"山歌子"，而青海湖边这些唱"花儿"的人，女的不是"花儿"般的年龄，男的也不是什么"少年"，但是他们用歌声形成了一个"花儿"的海洋，给夏日的青海湖畔平添了别样的风情。我问身边唱"花儿"的大嫂，这是什么"花儿"？她想都没有想地说："青海花儿。"

也许是吧，"花儿"约有 300 年历史，回族、汉族、东乡族、撒拉族、保安族、土族、藏族、裕固族都唱。“人说岷州花儿窝，花比山里野花多。一天要唱一大坡。你一声我一声，唱得石崖裸一层。”这说的是甘南岷县唱“花儿”的情形。黄河上游支流洮河，携带藏地草原的狂野，在岷山和藏江之间冲出一块平原，这就是岷县，这里“花儿”非常盛行。而另一个流行“花儿”的地方是河州地区，河湟“花儿”的发源地。河州是天下唯一以母亲河而命名的州，汉族、回族、东乡族、撒拉族、保安族等多民族聚集的地方。大西川以西，乌鞘岭以南，西倾山以北和青海民和以东及大通地区，均以河州话为交流语言，“花儿”也就成为这里人们生活中不可或缺的精神食粮。一个地域必然诞生一个地域独有的文化，黄河上游的“花儿”是大西北各民族共同吟唱的歌。真可谓，一只羊皮筏漂浮在浪口，一曲花儿对着黄河吼。在黄河岸边，无论走到哪里，都有“花儿”在传唱。它活生生地存在于黄河岸边人们的生活里，并且随着筏子客、脚夫、商贾们的足迹，不断地流传开来。

人群中有位能唱陕北民歌的姑娘，人们鼓励她在这青海湖畔唱支信天游。姑娘唱的信天游高亢绵长，受她激励，唱“花儿”的大哥和大嫂们，拿出十二分的热情回应：“远方的朋友欢迎你们。”在青海湖畔，同为河的子孙，人们唱出了中国人对美好生活的热爱和期待。建筑可以毁灭，交通工具可以过时，唯有保留在老百姓口头的歌，却永远鲜活，它一代代传唱，一代代不断兼容新的东西存活下来。青海湖畔听到的闻名已久的“花儿”，是河湟地区人们对生活的理解，是来自老百姓的声音，民族的精魂。它以文化娱乐的形式一代代传承，只要有人在，歌就在，文化就在。

无疑，有黄河，家国才能生生不息；有黄河，“花儿”才能绵延流长。

河湟故事

湟水之滨的西宁

湟水是黄河上游重要的支流，发源于青海省海北藏族自治州海晏县境内的包呼图山，河源海拔 4395 米，干流河道全长 374 千米，于甘肃省兰州市西固区达川乡河嘴村汇入黄河。西宁是湟水与其支流南川河、北川河冲积而出的谷地。每年春夏之际，湟水上游冰雪消融，水源充足，西宁的北川河、南川河的河水骤涨，波涛汹涌，“湟水春涨”也就成为西宁古八景之一。

在平均海拔 4000 米以上的青藏高原上，有这么一个海拔只有 2200 米左右的盆地，这便是为什么两千多年来，西宁先后是汉族、羌族、鲜卑族、藏族、蒙古族、回族等民族角逐之地。秦汉时，羌人居此，汉武帝元鼎五年（前 112 年），西汉在西宁置西平亭、长宁亭。随后，羌族、秃发鲜卑、乞伏鲜卑（吐谷浑）等少数民族先后与汉族在此逐鹿。唐时，吐蕃在青藏高原上崛起，此后，吐蕃政权对西宁，乃至整个青海产生深远影响。唐藩古道开通后，沟通了长安（今西安）、兰州、西宁以及玛多、玉树、杂多、那曲、拉萨等地域。及吐蕃衰落后，藏族为了抵御西夏的威胁，建立了青唐政权，宋徽宗崇宁三年（1104 年），改鄯州为西宁州，取“西陲安宁”之意，这便有了西宁这座城市的名字。

幼年时我曾经在西宁生活过一段时间，然而 2017 年当我走进西宁时，那儿时的记忆全部消失殆尽，我必须重新感受和认识西宁这座青藏高原上的第一大城市。在全国各地城市先后进入高温火炉世界时，西宁夏季的气候最是宜人，于是美丽夏都西宁各大宾馆、招待所已到了一床难求的地步。我在青海调研的时间安排在夏季，也只能是夏季，因为西宁冬季的低温，让习惯在平原生活的人根本受不了。我逃也似的离开西安大火炉，来到西宁这座高原城市。西宁满街绿树翠盖、空气凉爽，我入住的青海师大校园白杨树高耸入云，宽敞的人行道时见三三两两的行人，教学楼前拉着红色横幅，上面写着“欢迎函授学员返校”的标语。学校里的学生这时都已经放假了，来自青海各区的函授学员们就呼啦啦塞满了校园。在西宁做黄河调研，顺便还有在青海师大授课的任务，我也是希望通过这种方式能够与生活在这座高原城市的人有更深入的交流。

授课地点在青海师大内。函授站学生文化课水平低是不争的事实，低得连听懂课都难。原因是一个班上的学生一半是藏族，另一半是回族、东乡族、土族以及其他民族。我的课堂几乎是一个民族大家庭，在青海能找到的民族，我的班上几乎都有。班上的学生来自青海各地，有从柴达木盆地中的格尔木坐火车来的，有从玉树飞过来的，还有从牧区来的。班上的藏族学生中，叫卓玛的女生很多，藏语里“卓玛”是仙女的意思，于是，我的班上就有很多卓玛。她们个个皮肤白皙，完全没有高原生活的痕迹，皮肤比平原生活的汉族姑娘的还要好，也不知道她们用什么方法来保养。卓玛们从玉树来得多，那里的藏族人信仰佛教，村上都有喇嘛寺，不过当地人的生活方式已经由过去的游牧转变为半耕半牧，牧民们变成农民啦。等到节假日，卓玛们就穿上鲜艳的民族服装载歌载舞。我看到她们的家庭照片，卓玛穿一身鲜亮的藏服和家人站在碧草如茵的草原上，远处成群的牛羊，感觉非常惬意。与漂亮的藏族姑娘不同，从玉树藏区来的小伙子个个皮肤黝黑，明显带有高原民族的强悍健硕特色。他们给我讲在每年藏区玉树的赛马节上，他们驰骋赛马场，取得好成绩。如今藏区也讲学历，所以他们走下 5000 米海拔的高原，来到西宁学习，生活给他们带来更绚丽的色彩和更多的乐趣。

一到西宁，游牧的味道浓得化不开。大街小巷都是卖青稞酒的，到处都是卖披肩、绿松石以及形形色色的藏饰的。奶酪是西宁街上遍地都有的食品，青海师大门口大桥下，一位大嫂每天下午都在卖酸奶酪。而上完第一门课的老师临走前给我们留下一小桶酸奶，据说是他的学生从家里带来的，留给我继续享用。直到函授课结束，酸奶也没有吃完。

西宁是一个遍地酸奶的城市，到处是牛羊肉，而大街上走来的女子们身段却都苗条健美，娉婷婀娜，追上去看，大多纱巾蒙脸，露着两只大眼睛，爱美的女子害怕高原紫外线辐射都蒙面打扮。再仔细看她们脸时，发现皮肤大多白里泛青，白是粉涂抹的，青是高原辐射带来的。女孩子们有时穿民族服装，有时穿长长的袍子般的衣衫，给人一种飘逸的感觉。西宁姑娘现在越来越时髦，班上的女生几乎每天都会换衣服。在她们身上已经看不到多年前函授生那种生活的艰难。

生活似乎都相似，又似乎不同。在青海卖冬虫夏草的商家成百上千，因为虫草价格昂贵，假虫草遍布大街小巷。西宁市建国路的勤奋巷地理位置优越，紧邻西宁火车站、高铁站、汽车站。独特的地理位置使这里自发成为以青海、甘肃、西藏、四川等地回族、藏族经营者为主的虫草交易市场。冬虫夏草是青藏高原特有的物种，分布区域有限，生长环境较为特殊。全世界只有四个国家能找到冬虫夏草的踪迹，分别是中国、不丹、印度、尼泊尔。冬虫夏草生长在海拔 3000—5000 米之间的高山灌丛和高山草甸，寄主主要为蝙蝠蛾科的幼虫，只能靠人工采收，且每年只能在 5 月到 6 月之间采收，产量也非常低。生长环境要求如此特殊，采挖期如此短暂，这就决定了虫草的价格非常昂贵，因此利润也非常大。从青藏高原到西宁店铺，虫草身价堪比黄金，每公斤竟达几十万元。有人讲如果炖鸡的时候，给锅里加上一根虫草，那种美味不可言说。只见每天清晨 9 点多，勤奋巷的虫草市场上，人头攒动、熙熙攘攘，到处是头戴白帽的回族商人，或身着藏服的藏族人，甚至还有身披袈裟的寺院僧人。数以百计的虫草商人，每人手提一个塑料袋进入市场进行推销。美丽夏都就笼罩在各种声音里。这座高原城市焕发出勃勃的商业生机，散发着活力。青藏高原特有的物产在我们这些从黄土高原而来的人眼中，具有浓郁的神秘气息。

课后，我不去街上逛时，便顺着大街走。西宁一直在变化，新火车站代替老火车站，据说青海师大的北校区要迁往新火车站附近，恐怕这次是我们最后一次在青海师大北校区上课了，以后再来，恐再难寻到旧日学院踪迹。如果从青海师大的后门出去，散步到文化广场上，可以看到跳广场舞的男男女女。西宁的广场舞是藏舞，连曲子都是藏歌，人们在用这种方式消夏。随着社会的发展，人们的生活水平在不断提高，生活形式在不断变化。高原上的人们喜欢用高原特有的文化形式展现自己的生活。无论游走在莫家街品尝高原美味，还是在水井街买毛披肩，抑或在虎台寻找历史遗迹，都能感受到今天的西宁早已摆脱昔日边塞的萧条破败，正在奔向新时代。

河湟故事

大通河畔的花海

湟水下游左岸有一条最大的支流，古称浩门河、合门水，也就是大通河。每年3、4月份，在秦岭山麓以南的汉中地区，油菜花怒放的时候，整个田野上一片金黄，一片秀美迷人的田园风光。因此，汉中每年都会举办油菜花节，人们纷纷驱车前往，观赏层层梯田，观赏一望无际的油菜花海，南国的景致深深地打动了每一个观赏者，

油菜花海

花海里是络绎不绝的人，摆各种姿势将自己与大自然放在一个镜头画面里。 如今已是 7 月，但是想起在油菜花海里徜徉的光景，就让人沉醉。 所幸来到青藏高原，在这里还能再看一次油菜花海。

在青海似乎每个郊外都可以看到铺天盖地的油菜花，而最好看的高原油菜花在大通河畔的门源。 大通河畔油菜花盛开之际，一片金黄绵延数十里。 门源回族自治县是河湟地区和河西走廊重要的水源涵养区和补给地，人称“门源油，遍地流”。 门源农作物以油菜、青稞为主，兼种豌豆、小麦、马铃薯、蔬菜等，油菜年产量达 3 万吨，出油率高达 40%，年产油菜花蜜 1500 多吨、花粉 30 多吨、蜂王浆 20 多吨、蜂胶 2 吨，是青海省最大的商品油料基地、藏区青稞制种基地和蜂产品生产重点县。 境内各类草场面积 686 万亩，其中可利用草场 583 万亩，存栏各类牲畜 56 万头，畜牧业在全县大农业总产值的比重中占到近 50%，是青海省和海北藏族自治州现代高效畜牧业示范基地和牛羊育肥贩运基地。

我在 7 月下旬到达门源，正是门源油菜花盛开的时节。 女人们都头戴花环，花环是用草原上特有的紫色和紫红色小花编织而成的，戴着这样的花环徜徉在一望无际、金灿灿的油菜花海，便感觉自己真是一位“卓玛”了。 夏日青海天空异常纯净，云朵洁白得像羊毛、似棉花，草原上碧草青青，时见牛羊和马群，也时见在草地上野餐休闲玩耍的人。 青藏高原的景致不同于黄土高原，这里蓝天苍远、草原无边，门源 60 万亩油菜花形成百里油菜花海，创造了博大壮阔的特有奇观。 成千上万的人在青藏高原的蓝天白云油菜花地里享受田园美不胜收的景观。晴空万里，但见雪山，再往山里走便有湖泊，镜子般的湖泊倒映着高原特有的水草，湖边马儿在吃草。长期以来，我们赞美田园，其实，望见这样的景观，也应该赞赏草原。游牧民族创造的景观又是另一番风味。农耕与游牧是两种不同的生产和生活方式，农耕以村庄为居住和生活单元，以安居乐业为特点；游牧以逐水草而居为生活习常。几千年来，这两种生产和生活方式一直在进行着斗争和较量。然而，伴随着工业文明的崛起，这两种生产以及由此衍化出来的生活方式逐渐被替代，并逐渐淡出人们的视野。

2006 年 1 月 1 日，我国全面取消农业税，这是一件划时代的大事，标志我国进入改革开放转型新时期。这种变化对整个社会结构、人们的社会心理和社会文化产生了根本影响。

进入 21 世纪，党的十八大提出生态文明。从工业文明的背景看乡村，看中国城镇化，乡村没有优势，但是从生态文明角度看乡村，乡村离生态文明最近，而从人类生存角度讲，乡村离人们向往的美好生活最近。乡村具有城市没有的迈向生态文明新时代的新优势。

农村携带着中华文明最根本的基因和密码。古人讲仰观天文，俯察地理，中国人的生活智慧就是天人合一。中国乡村是被中国文化滋养生长起来的生命有机体。党的十八大提出的生态文明建设不仅仅是解决环境危机。现代文明存在的问题：一是人与自然失衡导致能源危机；二是文化与科技失衡导致世界去文化化，信仰缺失的危机，导致生活方式上存在缺失；三是城市与乡村失衡导致多样化的文化传承断根危机。因此，要医治这些病痛，需要以天人合一的理念来医治人与自然失衡的危机，要以系统思维与智慧来矫正失控的科技创新，要以利他理论为核心的精神生活医治物质与精神失衡危机，以乡村文明复兴解决城乡失衡问题。

在我看来，门源万亩油菜花海是景观，更彰显现代生态文明理念，油菜还是门源最重要的经济作物。油菜是芥菜和卷心菜的近亲，在平原地区，早春还比较凉爽时就已经迅速生长，它的幼苗和叶子汁水丰富，可以生吃、凉拌，可腌制以备冬季食用。油菜籽成熟后，菜籽可以榨油，油渣可以用作肥料。每年 7、8 月间，青藏高原河湟地带的油菜花一望无尽，是当地农民发家致富的来源之一。

走向生态文明，走向现代化农业，河湟地区的人们正在用一种新姿态创造新生活。五千多年中国农耕文明与游牧文明相互交融，相互碰撞，每一种文明上都凝结着中国人的生活智慧，保护和传承这些文明，使我们拥有更健康、更美好的生活，这才是我们亲近土地、热爱自然的根本所在。

河湟故事

已逝的兰州黄河水车

黄河分两段流经甘肃省境，上段自青海省果洛藏族自治州久治县门堂乡以下流进甘肃省，于甘南藏族自治州玛曲县欧拉秀玛乡流出甘肃省境内；下段于积石山县的关门村流入甘肃省境内。在兰州市西固区，黄河就要离开河湟这片农耕与游牧交织的地方了。兰州是古丝路必经之地，也是黄河唯一穿城而过的城市，所谓“丝路古道三千里，黄河文明八千年”，距离兰州 75 千米的炳灵寺是古丝绸之路上的重要节点。大地湾六千年历史，天水伏羲庙足以证明甘肃是人类始祖生活过的地方。2017 年 7 月，在兰州感受丝路重镇之际，我被黄河岸边的文明深深吸引。

走进兰州黄河大桥（即中山桥）边的黄河水车园，巨大的水车木轮缓缓转动，从黄河里汲取至水槽的河水，随着木轮的转动，复落到

中山桥

黄河里。汉武帝曾说："农，天下之本也，泉流灌浸，所以育五谷也。"水是自然存在的，其用在人，而人要充分利用水，必须依赖一定的设施和机具。黄河水车的发明和推广在中国水利发展史上具有革命性意义。在兰州黄河岸边看到的水车又名"天车""翻车""老虎车"，由明代嘉靖年间兰州人段续在吸收借鉴南方水车技术基础上创造，至今已有400多年的历史。兰州濒黄河，但在明以前从未能利用黄河进行灌溉，直到段续发明水车，才有了利用黄河水灌溉的历史。《皋兰县志》记载："水利于皋兰，宜莫如黄河者，郡人段续创为翻车，倒挽河流，以灌田亩，致有巧思，有力自办，无力官贷，遇旱则水落而半空悬，遇涝则水涨而车漂转。袖川上下，至五十余里，千余顷地，皆可得自然之利。"到了清光绪年间，兰州及其周边黄河两岸，水车到处可见，往往是三里一小车，五里一大车，从兰州以西的小川峡直到小西湖近百里的黄河南岸有大小水车90余架。镇远桥（今兰州黄河铁桥）以东至骆驼桥有60余架水车；镇远桥以西达张家湾黄河北岸有40余架水车，瓜果蔬菜满园；镇远桥以东至盐场堡黄河北岸，有8架水车，沿山栽枣树千株，护河榆柳无数。到了民国时期，兰州黄河岸边水车增至160多架。1938年著名史学家顾颉刚到兰州观水车时赞不绝口："黄河之岸河堤之旁，水车声隆隆，对面细谈为之禁遏，兰州最胜处也。"到1952年兰州大概还有252架水车，可谓是黄河两岸水车林立，总提灌面积达到10万亩，尤其是广武门到雁滩河段，更是水车聚集地，单轮、双轮、三轮、五轮应有尽有，兰州也因此被誉为世界"水车之都"。可以想象400多年来，兰州黄河岸边水车轧轧，五谷丰登、瓜果飘香，是一道多么独特的农业生产景观，而那时候的水车灌溉又是多么兴盛！2017年10月我在宁夏青铜峡考察时，在宁夏水利博物馆里看到了一根清代黄河水车轴的遗物，直径达0.8米，长近3米，据推断，以此轴制成的水车直径约20米，体量之大，实属罕见，而这根水车轴，据考证就是当年黄河岸边水车上的。

不言而喻，黄河水车在兰州及其黄河流域的农业生产中发挥过巨大的作用。在我考察兰州段黄河时，在黄河水车园看到巨大的水车时，它们早已退出了兰州的农业生产和生活了，电力提升水投入使用不再需要水车来灌溉农田和为人民的生活供水了，黄河水车仅仅作为曾经的农业文明遗产供人们参观。从这份农业文明留下的遗产中，我们看到了古代中国人的智慧，以及黄河流域的人们利用自然条件是如何生产、生活。黄河水车已成为兰州城市标志性物件，是构建兰州城市文化景观的重要元素。人类文明已经进入现代信息时代，农耕社会的许多劳动工具和物件逐渐退出了人们的日常生活，成为我们了解曾经存在的生产方式和生活方式的入口，兰州黄河水车也不例外。

水车与水车巷，以及引水渠连接着黄河，兰州段的滔滔黄河水自西向东而去，河边漂浮着许多羊皮筏子，横跨南北两岸的是赫赫有名的兰州黄河铁桥，白塔山赫然在望。兰州汉代设关，隋唐时形成金城津渡口，宋代才有了第一座浮桥。至明洪武年间，宋国公冯胜派人再架浮桥，可惜这座桥很快就废弃了。1376 年卫国公邓愈再建浮桥，由于岸堤软而不固，1385 年移到兰州城北白塔山下，即为镇远浮桥，也就是现在兰州大桥修建之处。14 世纪的兰州浮桥春天搭建，冬天拆除，虽然两岸人往来很不方便，但也曾经造就“殊方之贡，于兹来过。弥年旷日，穷峰逾波。大宛神驹、龟兹奇骡、哈烈翡翠、罽宾橐驼、吐蕃金鹅、叶护葡萄、伽国菠萝，悉王化之所致”的繁华局面。为给外宾提供方便，还在城北镇远门外建有“万国梯航坊”。光绪三十三年（1907 年）甘肃巡抚允升派兰州道彭英甲与德国泰来洋行喀佑斯签订合同，在镇远桥原址修建黄河铁桥，1909 年兰州铁桥建成。这是一座钢桁架的公路桥，桥南北分别筑一座“三边利济”和“九曲安澜”的大石坊，1942 年兰州桥改名为“中山桥”。中华人民共和国成立后大桥得到修复，这就是我们今天见到的兰州黄河大桥。

钢铁造就的黄河大桥沟通兰州南北，它见证着近代以来兰州的变革和发展。如今，七月的兰州黄河，热浪滚滚，河水在铁桥下庄严而舒缓地流动。为了生活方便，城市自古临水而建，在中国众多历史文化名城中，兰州就是其中之一。兰州黄河铁桥是兰州近现代文明的一座标志性建筑，游客自然要到桥上观景，感受黄河之雄壮，兰州人也把这里当作自己生活娱乐的重要场所。几位上了年龄的女士身着艳丽的宝蓝色民族服装，脚上蹬着皮靴，头上戴着毛茸茸的有长缨的帽子，在桥头照相。

“中国大妈”现在已是一个世界闻名的词语，承载着当代中国非常重要的一个文化符号。现在人们生活水平提高了，中老年大叔们端着单反和价值不菲的长焦镜头拍“好片子”，在公园、景区常见携带“长枪短炮”的大爷们拍鸟。与大爷们东跑西颠地玩单反不同，“中国大妈”们在各个旅游景区拍照，各式各样的丝巾、墨镜成为她们拍照的道具。显然，单反成为中国大爷最后的倔强；丝巾，是“中国大妈”最后的骄傲。然而，无论是玩单反，还是披丝巾照相，中国中老年人的生活方式发生了新的变化，这些倔强和骄傲承载着新时代中国人对美好生活的追求，对健康生活的追求。在兰州黄河岸边，我就遇到了一群把诗和远方寄托在照相里的“中国大妈”。

夏日的阳光照在兰州黄河大桥上、水车上，喧嚣的黄河水向东流去，黄河岸边的人们从生产劳作中解放出来，找到了新的快乐，让我们用欣赏的眼光看待这些热爱生活的大爷大妈，还有岸边奔跑的孩子们。

XIHAIGU GUSHI

西海固
故事

一部黄河史就是一部寻水、引水史。

一部黄河史就是一部中国人民摆脱贫困史。

西海固是宁夏南部一个曾经以“贫瘠甲天下”闻名的地域，被联合国教科文组织判定为不适宜人类居住的地方。缺水、贫瘠是西海固最严峻的问题，西海固人为完全摆脱贫困，为在黄河流域拥有幸福美满生活的梦想，开启了他们寻水脱贫的故事。

壹

西海固故事

缺水的西海固

发源于六盘山东麓的黄河支流清水河，由南向北流经原州区、海原县、同心县、中宁县等地，在中宁的泉眼山西侧注入黄河，是宁夏境内流入黄河流域面积最大、最长的支流。历史上，清水河两岸台地是土著人生息繁衍和耕牧的地方、北方少数民族相互融汇的地方，

西海固大地

清水河谷地也是古丝绸之路东段北道的必经之地。而在今天，这里形成了一个新的地理人文单元——西海固，它是中国最大的回族聚居区。回族人口约占宁夏总人口的三分之一，而80%以上的宁夏回族人生活在西海固和吴忠地区。西海固的出名不是因为别的，而是由于这里平均年降水量仅有300毫米，属于不适合人类居住的区域，但生于斯、长于斯的人民却深深地热爱这方苍茫的土地。人们在党和政府带领下，向贫瘠宣战，创造奇迹。这个地域在我讲述的黄河故事里注定要留下浓墨重彩的一笔。

2016年盛夏，我到西海固地区调研。7月时去宁夏，无疑能躲避西安的酷暑。从西安出发一路向西，过崆峒山、进六盘山，山逐渐秃了、大地愈加苍茫、天边的云彩变幻不定，大家拿着相机拍个不停。经过5个多小时的长途奔驰，傍晚时分进入固原市，美美地吃了顿手抓羊肉，喝了当地特色的八宝茶，此后几天，我们几乎天天都在喝这种放着红枣、菊花、枸杞、冰糖、芝麻、桂圆的茶，顿顿都可以吃到鲜美的羊肉和土豆。这几样食材是宁夏的宝。因为家家户户养牛羊，所以宁夏的羊肉便宜得很，十几块钱就可以买一斤，而在西安要贵两三倍。固原市是古丝绸之路重镇，古代萧关所在地，明代九边重镇之一，有着“左控五原，右带兰会，黄流绕北，崆峒阻南”的地势，远远地见到街市上灯火辉煌的城墙，城楼巍然耸立，城门上赫然写着“原州”两字，陡然增加了这座城市的历史深邃感。

根据获得的资料，宁夏回族自治区是中国最不发达的省区之一。2015年，人均GDP为43805元，城镇居民人均可支配收入和农村人均可支配收入分别为 25186 元和 9119 元，约为全国平均水平的 88.98%、80.74%和 79.84%，在全国 31 个省级行政区（不包括台湾、香港、澳门）分别排名第 30 位、第 24 位和第 24 位。宁夏回族自治区总共有 22 个县（区），其中有 8 个县已经被正式列为国家级贫困县，占全部县区数量的36.4%。宁夏的贫困地区主要分布在宁夏南部山区，包括固原市原州区、西吉县、彭阳县、隆德县、泾源县，中卫市的海原县、吴忠市的盐池县等县区，统称“西海固”地区，是国内有名的“三西”贫困地区之一。如此看来，吃羊肉、喝八宝茶也不是每个西海固人的生活现状。西海固最核心的问题是缺水。

水是生命之源、农业生产之本、工业生产必需的资源，然而，西海固地区严重缺水。不是这里没有水，而是这里的苦水分布区域广，水质苦淡交错，老百姓过去大多吃的是苦咸水、高氧水、含砷水。西吉有个民谚：“宁舍一口馍，不舍一碗水。”西海固作家马金莲在她的《在西海固的大地上》一文中写道：“西海固大地上，连年干旱，整整一个春天连着夏天不落一滴雨，是常见的。西海固人还是留恋这里，没有谁可以轻易抛下故土，就是那些去外面寻生活的人，多年后，还是禁不住怀念这里。”另一位西海固作家石舒清同样表达了西海固人对水的渴望：“我想，关于水，每一个西海固人都有着很多惨痛而不失温馨的记忆吧。我愿说出我的一小串水的记忆，我愿意给大家说说西海固的水。”接着他描述驴车上的水、冬天下雪时去背雪，等等。西海固如此缺水，生活在西海固的回族人却十分讲究。家家房门口放一把净水壶，用来净手，生活中讲究三天一小净，五天一大净，而这些都需要水。一个严重缺水的地域，水比金子还金贵的地区，这里的民族却十分爱清洁。

在西海固走一遭，发现家家农户都有储存水的水窖，这些水窖要么在自家院内，要么在屋外，但都会用石头把上面盖得严严实实。西海固，这曾被张承志称为旱海的地方，水对老百姓的金贵，那是其他地方的人无法想象的。西海固地区以农业为主又兼带牧业，农作物须依靠水生长，牲畜需饮水，人需用水，水资源对当地居民而言何其重要，然而西海固气候干旱，水源奇缺。随着时间的推移，人口数量急剧增长，人均耕地面积减少，又由于技术条件有限，不能开发利用地下水。因此，当地居民把更多的希望寄托在雨水上，从而产生了祈雨文化。对西海固人来讲，水是他们的命根子，人缺、树缺、牲畜缺、庄稼更缺。因此，要改善西海固老百姓的生存条件，首先要解决的是水的问题，西海固的扶贫要先从黄河扬水工程说起。

西海固故事

黄河扬水工程

水是西海固地区全面建成小康社会的命脉。在西海固，有水的地方就有生机，就有希望，百姓实现脱贫致富的办法就是修建引水工程。宁夏的三大区域对水的需求各不相同。银北属于黄河灌区，自古以来水利设施非常发达，引黄灌溉工程造就塞上江南五谷丰登的景象。中宁是干旱地区，但也有引黄灌溉水利工程，这是宁夏在中华人民共和国成立前从未有过的事情。南部山区是黄土高原的西北边缘地带，国家级贫困地区之一。

1975 年以来先后实施的固海扬水工程和固海扬水扩灌工程，已实现总灌溉面积 170.64 万亩，使 6 县区 61 万人口和 30 万头家畜受益，灌区农民人均收入由 1980 年的 30.5 元增长到 2016 年的 5895 元，增长约 193 倍。1998 年开工建设的红寺堡扬水工程，灌溉面积达 76.35 万亩，使 4 县区 29.8 万人口和近 30 万头家畜受益，灌区农民人均纯收入由 1999 年的 550 元增加到 2016 年的 7080 元，增长近

13倍。为西海固找到更多的水，使其真正摆脱缺水的困扰。“扶贫扬黄灌溉”工程以黄河水利为依托，实施区主要在兴仁、红寺堡、固海扩灌、马场滩四片灌区，这里土地集中连片，是发展灌区的最佳地带，且主要分布在西海固贫困山区。因此，西海固人把它称作救命工程、温饱工程、希望工程。固海扬水工程是宁夏第一座大流量、高扬程的大型公益性扶贫扬黄灌溉工程，由同心扬水工程、固海扬水工程和固海扩灌扬水工程三部分组成。工程主体于1975年6月开工建设，1986年12月竣工，工程运行泵站25座，总扬程382.47米，净扬程342.74米，总设计流量28.5立方米/秒，总装机容量10.0675万千瓦，承担中卫城、中宁县、海原县、同心县、红寺堡开发区、长山头农场、中卫山羊场等共75万亩农田、牧草的灌溉任务，工程运行30多年，为灌区的脱贫致富、农业经济发展、生态环境改善以及维护民族团结做出了巨大贡献。

2016年建成的宁夏中南部城乡饮水安全工程，将丰沛优质的泾河水源源不断输送到固原市原州区、彭阳县、西吉县及海原县，彻底解决了4县区44个乡镇603个村113.53万城乡居民饮水安全问题。这一个个引水工程，使西海固地区水资源严重短缺的局面得到了扭转。

宁夏扶贫扬黄灌溉一期工程是我国最大的移民扶贫工程之一，为西海固生活在贫困线以下的贫困人口而建设。规划开发200万亩灌区，将山区不具备生产和生活条件的100万人口迁往灌区，投资30亿元，计划用6年时间完成。工程于1998年开始，2005年完成，由红寺堡和固海灌区扩灌两大扬水系统组成，共有骨干泵站26座，灌溉面积80万亩，移民人口40万，为保证中部干旱带粮食生产做出了贡献。

红寺堡扬水工程于1998年3月开工建设，2005年11月实现全县通水，从黄河和七星渠的高支渠取水，建设泵站14座，总装机容量11.6655万千瓦，总扬程306.84米，干渠总长104千米，设计流量25立方米/秒，安置移民27.5万人，是宁夏大型节水示范灌区，使罗山脚下大片荒地变成绿洲。固海扩灌工程于1999年开工，2003年10月竣工，在中宁县古城建首级泵站，自七星渠高干渠取水，建13座泵站，扬水工程12级至固原市原州区的三营，设计流量12.7立方米/秒，设计灌溉面积25万亩，总扬程479.7米，净扬程429.2米，安装主机组89台，总装机容量9.6620万千瓦，渠道总长177.38千米。

20世纪90年代启动“生命工程”，解决110万人民用水困难和177万人饮水安全问题。

2017年7月我走进三营镇，因为唐朝时这里是兵营，所以在宁南常能见到村庄以“营”来命名。唐朝时这里距离当时国都长安400多千米，是防止突厥入侵中原的要地。三营镇沿公路边住着一户人家，门口长有一棵枝繁叶茂的杏树，院门外有一水窖，里面储存了一窖的水，上面有石板压着。进入院子，见一半盖有红砖瓦房，另一半空着，院中央安着自来水管。虽然有了自来水，但是西海固的农民还是家家保留着水窖，多年缺水的生活使得他们即便用水方式变化了，但存水的生活习惯还保留着。从门口那水窖上，我再次掂量出了水在西海固人心中的金贵。

七营镇马金贵家庭条件好，他们家在镇上开了一间百货店，兄弟三人已经结束过去到十几千米外拉水的生活，自来水去年已经接到家里了，但家中也同样保留着水窖，水窖依然是西海固老百姓家中必备的生活设施。这是靠天吃水的状况并没有彻底改变，水资源短缺仍然十分严峻。我在调研中发现固原市隆德县从2016年冬到2017年春，连续128天无有效降雨，致使河流断流、沟渠干枯，人们饮水困难，生产遭灾。据水利部门相关数据显示，正常年份，固原市综合水资源总量仅为5.66亿立方米，人均水资源为367立方米，仅是全国人均值的16.72%。农田亩均水资源量100.1立方米，是黄河流域亩均值290立方米的34.52%，是全国亩均值1437立方米的7%。

黄河大柳树水利枢纽工程是决定21世纪西北地区经济社会实现跨越式发展的战略性工程，也是调蓄水量、防洪防凌、改善生态环境和下游水沙条件的综合性水利工程。在2002年国务院批准的《黄河近期重点治理开发规划》中，黄河大柳树水利枢纽工程被列为黄河干流综合治理7个控制性水库工程之一，与龙羊峡水利枢纽工程、小浪底水利枢纽工程构成黄河干流上三个最为重要的骨干水利枢纽工程的梯级，成为全河水沙调控体系的主体部分。1978年，李先念说："如果在西北高原能蓄上130亿到160亿立方米的水，这对于改变西北干旱区的面貌，促进工业和农、林、牧业的大力发展，具有重要意义，这是多好的事情啊。”1991 年，江泽民表示：“对修建大柳树水利枢纽我是赞成的。”1993 年，李瑞环讲：“大柳树工程要规划好，准备上。”“大柳树工程的作用除了你们讲的外，要突出着眼于黄河全流域的治理，要统筹搞好黄河规划，谁当省长都按规划办。”2007 年，水利部原部长汪恕诚讲：“大柳树的功能是从流域的角度考虑的，而不是从省级、省内的利益考虑的。……黑山峡河段开发除大柳树方案，别的方案不成立，我们不缺电，而要的是水资源调配，别的方案不可替代。”

正是因为国家在西海固地区建设了这么多黄河扬水工程，此次在西吉、海原、固原调研时，我发现西海固人民的生活用水问题基本上解决了，但缺水、需要引水仍是西海固的核心问题。

叁

西海固故事

贫困村蔡川村

走进西海固，每遇见一个头戴白帽的中年男子，我都以为是张贤亮笔下的海喜喜；每遇到一位年轻女子，都会让我想起《绿化树》里的马缨花。感谢张贤亮为宁夏老百姓画的像，感谢他为在宁夏的黄河画出丰姿神韵。2016 年 7 月，我走进蔡川村一户姓海的农户家里。蔡川村距离固原市原州区 45 千米，距寨科乡政府 8 千米，管辖 5 个村，共 358 户 1625 人，2016 年被确定为自治区扶贫整村推进示范村，建档立卡贫困户 208 户 737 人，享受农村低保 132 户 258 人，劳动力 460 人。现有耕地面积 12618 亩，退耕还林 6989 亩，多年生牧草 4500 亩，年均粮食播种面积 5000 亩。截至 2015 年，牛存栏 1260 头，羊存栏 6553 只，标准化养殖圈棚 280 栋，农机具 68 台（套），草畜产业、特色种植（小秋杂粮和红梅杏）和劳务经济为村经济发展的三大支柱产业，其中草畜产业占农民人均可支配收入的 45%，特色种植占 20%，劳务经济占 35%，2015 年人均可支配收入

4890元。

这家男主人叫海蛟龙，是村里的贫困户，不过2012年在政府扶贫帮助下建造了一座新房子，房前还摆着印有“扶贫房”的牌子。在这间政府为他家盖的房屋前是一口水窖，窖旁是自来水龙头，一条长长的黑皮管子盘着。我特意将水窖上的青石板搬开，想看看他们家的储水情况，只见水窖里储着满满的一窖水。我又拧开水窖旁的自来水龙头，哗哗的清水如清泉般流淌出来。如带我前来的村支书所言，蔡川村村民的吃水问题现在基本解决了。政府每年还帮助贫困农民贷款买牛羊，让他们致富脱贫。海蛟龙现在家中三口人，老伴和女儿都在家，女儿虽已出嫁，但因丈夫常年在外地工作，所以一直住在娘家。海家现在主要收入靠圈里的牛羊和家门口的红杏。

我走进海家羊圈，里面圈养着五六只黑眼圈羊，望见它们的那一刻我才知道陕西作家吴克敬写的《状元羊》里的黑眼圈羊是真有其羊。一个个长着熊猫似的眼，卷曲着羊毛。吴克敬在《状元羊》里描述的羊的生活样态，可能是西北羊的一种处于自然放养中的状态。不过，如今在宁夏，为了保护好黄土高原上的生态环境，防止水土流失，牛羊都圈养着。海家羊圈的对面是牛圈，里面蚊虫飞舞，牛圈旁是海蛟龙家原来的住房，一间破旧的土屋，已是危房了。如今，在政府的帮助下，海蛟龙家建造了新房屋，养了牛和羊，现在他家基本衣食无忧了。

我特意给海蛟龙在他的新房前照了一张照片，旁边放着自治区政府颁发给他的危窑危房改造证。他的这座新房子，香槟色的门窗，茶色玻璃，门上印着花瓶图案。屋外的瓦片一层层摞起来，非常富有艺术感。旁边就是他家的杏树，海家嫂嫂从树下捡了好多落下的红杏，让我们尝，真甜。蔡川村的红杏远近闻名，这棵杏树上还有很多红艳艳的杏子挂在枝头，翠叶覆盖，煞是好看。我给海蛟龙、海家嫂嫂和他们的女儿拍照留念。照片里女儿搀扶着父母，三人都露出幸福的微笑，这真是一张珍贵的照片，身后是他们的杏树、土墙。告别海家时，他们一家三口将我们送出很远很远。

自改革开放以来，扶贫工作就一直是中国的骄傲。在数十年里，中国已经使7亿人口脱离绝对贫困，在世界反贫困史上创造了奇迹。

西吉崖上马家

海原，留给世人的第一印象恐怕是1920年震惊世界的“环球大震”，这场夺取20多万人生命的大地震，就以震中和最大受害地——海原命名。越接近李俊乡，刚刚在同心县境内所感受到的荒凉悲怆一点点消失了，绿色出现了。海原这段路程我们在山谷里行走，河边全是绿伞如盖的树林，这在西海固是不常见的景观。看到海原有这么茂盛的植被覆盖，我很高兴，看来人们描述的西海固并不全是光秃秃一片。

走过海原县的李俊乡，我们准备去西海固的西吉。沿途过火石寨石窟，这幢石窟开凿在中国北方发育最好的丹霞地貌岩壁上。晚霞将各种绚丽和最饱和的色彩投射在岩石上，一大朵一大朵的白云在山崖上空漂浮，让人望之产生各种想象。大自然一边给予这里贫穷，一边赋予该地域奇观。美丽的西海固大地以独特的景观吸引我。路边小摊点搭的凉棚上写着“怕三高，就喝西吉芹菜纯汁”的广告。早听人说，西吉这些年铺天盖地地种植芹菜，见到这样为西吉芹菜做的广告，就知道西吉芹菜有多么火爆。走进西吉县城，城虽破旧，但西吉大酒店却很豪华，这是我此次出行住得最好的酒店了。休整了一夜，第二天察看西吉山地百姓生活状况，当地交通局同志陪同并为我做向导。

走进丘陵山地，层层叠叠的梯田呈现出人类改造自然的壮观景象。西吉降雨量少，人们就想出用修建梯田、筑坝淤地的方法来控制水土流失。黄土高原上的旱作梯田是农田，也是高效的水土保护工程。寻常的降水量，梯田系统可以做到近乎100%的水土流失拦截。眼前的景象使我不敢想象这里就是贫瘠天下的西海固。从汽车窗户上向外望去，无数横条纹的丘陵，宛如凝固的绿色波浪，绵延在整个丘陵山地上。宁夏的这片黄土地曾经被严重破坏过，现在国家正在下大力气恢复黄土高原上的良性生态。修建梯田是宁夏山区最好的治理水土流失的办法。听交通局的同志讲，这里的土地种植土豆最好，西吉土豆已经好到把“小土豆”发展为“大产业”的地步。现在西吉县是全国马铃薯种植大县，也是全国马铃薯的优生区之一，种植历史悠久，薯类品质优良，已具有一定的种植规模和加工能力。因此，这里还有马铃薯节。真所谓一方水土养一方人，土豆养育了西吉人。

转进山里，山路崎岖，四处张望想找户农家询问下情况。猛抬头，看见一个身穿迷彩服的青年农民蹲在山崖上的一棵树下。根据这些年的考察经验，穿迷彩服的农民通常生活比较艰难，他们喜欢穿旧军装，可能是这种衣服很耐穿。

我和崖上的青年聊了几句，知道他姓马，回族人，当我提出到他家看看，他伸手把我们一一从坡下拉到崖上，没走几步，就到了他家大门口。这是一座依山而建的破旧院落，黄泥房，只有两间，房上各开一窗，屋顶是青砖盖顶，在这两间黄泥房边是过去开凿的窑洞，掀开门帘，窑洞里面的炕上坐着两位老人，应该是小马的父母，见我进来，小马的父亲赶紧下炕把我往炕上让。那一刻我感到宁夏回族老百姓的善良，素昧平生就请你到他家炕上坐，这在城市是少有的事情。就在挑开门帘看到这一孔黄土窑洞里面还住着两位七旬老人，而窑洞里几乎没有什么摆设时，那一刻我感到异常心酸，都21世纪的第二个十年了，在西部还有老百姓住着这样的窑洞，过着没有任何文化娱乐的生活。大概老两口儿只是面对面静坐着说话度日。

从窑洞里出来，听小马说他家是政府扶贫对象，贷款买了几头牛。我们跟随他到牛棚里去看，与他们家穷酸的住房相比，牛棚修建得很阔气，一砖到顶的牛舍，槽里拴着五头牛。显然这牛棚也是用政府的贷款修建的，可小马还不住地向我们抱怨这几年牛死了几头，过不了多久，就要还贷款了，生活还是很困难。在我们跟着小马看牛棚时，小马的母亲悄悄地跟在旁边，听我们说话，村里的小孩子也跑来看热闹。

告别时，小马的父亲一直把我们送到院门外，望着这位已经风烛残年的老人，待客这么周到，心中有说不出来的感觉，可能他们对政府满怀希望，希望能够再得到更多的救助。在西海固我接触的回族老百姓都非常友善、和气，他们总是很有耐心地回答你提出的每一个问题，有一位大娘回答完问题后，一个劲儿地说："应答得不好，应答得不好。"她是把我们当作政府派来的领导了，因此谈话时小心翼翼、生怕出错，这就是宁夏朴实的回族老百姓。

在西海固的大地上，我们看到到处贴着"精准扶贫""金融扶贫"的标语，看到村支部用种种办法帮助村民脱贫，在乡政府的宣传牌上到处张贴着扶贫的计划、安排、实施情况。不言而喻，扶贫在西海固大地热火朝天地干起来了，这块缺水的旱海之地，通过水利工程解决了老百姓的吃水、用水问题，精准扶贫是又一个攻坚战。西吉是个贫穷的地方，也是出作家的地方、出作品的地方。越是贫瘠的地区人们越需要精神食粮，而扶贫更需要的是精神的引领。

HETAO GUSHI

河套故事

一部黄河史就是一部水利发展史，也是农业灌溉史，一部黄河史就是一部人类交通变迁史。

河套位于黄河几字形处，覆盖了我国宁夏和内蒙古两自治区部分地域。黄河在河套地区河流平缓、水量充足，因此历代都在此发展引黄灌溉工程，这些水利工程养育出银川、包头、呼和浩特一个个绿洲城市。因此，黄河北上将中华民族的农耕文明向北推移了几个纬度。

河套故事

从西夏王陵到凤凰新城

俗语讲："天下黄河富宁夏"。然而这指的不是整个宁夏，而是银北。两千多年来人们利用黑山峡和青铜峡与黄河水流的斜度，凿沟引水灌溉东西两岸平原。黄河水文特征在银北这段也发生变化，不像在河源区时涓涓细流，也不像在中游山陕峡谷地段含泥带沙、一泻千里，黄河在银北水流平缓、水量丰沛，便于引水灌溉，故此孕育出了一派塞上江南五谷丰登和风光旖旎的繁盛景象。在没有接受黄河灌溉之前，银川这块古时称作朔方的土地常是白茫茫一片，属于寸草不生的盐碱地，是引黄灌溉带来的泥沙改造了这片盐碱地，土壤碱性弱了，原本不利于农作物生长的土地有了收获。银北有这样的好土地，尽管年降雨量较少，但也是春种秋收，花果飘香。

为此，我去银北的想法越来越炽烈。2017 年 10 月我到银川。

在河东机场下了飞机，乘大巴赶往银川市老城区，雨淅淅沥沥地下起来，平添几分寒，走在老城区街上，到处都是卖羊肉的店铺。如果问银川给我留下最深的印象是什么，那便是大街小巷的牛羊肉店。那些店挂满宰好的羊，一只只如小门板般悬挂在店铺里，上面写着盐池羊肉。有些店铺为自己做广告已经号称“牛羊鸣天下”了。可这些羊都被宰杀了，一个个倒悬在店铺里，还怎么鸣叫呢？这只不过是店铺老板的一种经营手段而已。盐池是银川南部一个产宁夏滩羊的地区，县城北、东、西南有20余个大小不等的盐湖。因此得名盐池。黄土高原上几个产盐的地方，分别是陕西北部榆林的盐湖、宁夏盐池、山西运城的盐湖。宁夏盐池的盐颗粒大、色洁白、质地纯，含芒硝和镁元素较多。因此，不仅可供食用，且是化学工业的重要原料。用盐池的盐腌制的酱菜，味美色正，久存不腐，将盐洒在羊肉上烤炙，羊肉的味道鲜美无比，与一般盐腌制出来的不一样。因此，盐池的盐远近闻名。

在宾馆联系到同学，我们约好第二天早晨去银川新城。下午因为没有其他考察安排，便计划去西夏陵看看。西夏陵坐落于银川市西部30千米的贺兰山东麓，乘坐当地旅游公司的小车不用半小时就到了景区。双阙的景区大门透显着威严，门口有块残碑，上面镌刻的文字与汉字有些相似，但又不是汉字，是党项族创造的文字——西夏文。一到银川，我就发现建筑式样与其他地方不同，西夏博物馆的建筑也有仿藏传佛寺的痕迹。最先进入3号陵李元昊的泰陵。这位曾在中国历史上叱咤风云、威震朔方的少数民族君主，现躺在贺兰山下一片荒草黄土中。

西夏陵

西夏陵墓区

墓区内置阙台、碑亭、献殿、墓道、陵台、月城，帝陵两侧还排列一些石像，就是一些伴随皇帝的文臣武将，也有麒麟、白象等瑞兽。墓葬建筑基本完整，宛如人们所言的东方金字塔。望着覆钵体式的墓冢，能体会到那个少数民族建立的王朝吸收了多少藏传佛教的文化，又兼容了多少汉民族的文明。黄河岸边走过的这个少数民族建立的王朝，不管曾经多么叱咤风云，也不管为完成霸业发动过何等规模的战争，抑或为了保存实力忍辱偷生，如今都成为一抔黄土。

西夏王朝真正是黄河孕育出来的不同于汉民族政权的王朝，党项族真正是黄河岸边走来的民族，当它从青藏高原迁徙到陕北和鄂尔多斯高原时，民族中那种雄阔昂扬的精神爆发了，等到再迁到银川时，拓跋氏、米擒氏、房当氏、野利氏、颇超氏、往利氏、费听氏、细封氏这八个部落中的拓跋氏脱颖而出。西夏王朝与吐谷浑结为联盟，然后摆脱吐蕃的统治；与契丹结盟，反对青唐吐蕃，并长期与内地保持经济上的密切关系。历经唐宋两个时期，李德明的儿子李元昊登上了西夏的政治舞台。李元昊是西夏十个皇帝中最具有传奇色彩的一位，他颁布了一系列改革措施，其中最有名的便是剃发令，并且他先自秃发，接着命令国人皆秃发，制定“三日不从令，许众杀之”的律法，还仿唐宋官制定律令、设军司、造文字，创造了辉煌灿烂的西夏文明。如今有多少少数民族建立的王朝都湮没在历史的长河中，而党项族以党项文字留下他们最珍贵、最丰富的历史。望着那些类似于汉字、又不是汉字的规整庄严的西夏文字，我感觉到一个民族沉甸甸的尊荣。

夕阳把最后一抹余晖洒在覆钵体般的墓冢上，粗砂砾石满地，荒草白沙，土墙颓立，四处还散落着些墓砖，历经千年的墓冢上有许多被风雨侵袭过的小洞，密密麻麻，荒草丛生。我不禁发出“荒草不知岁月去，年年冢上迎西风”的感叹。墓园中似乎只生长一种铁锈红的花，叶片肥大，花朵茂盛。不妨坐下来，倾听岁月的风刮来西夏王朝，那已经远去千年的历史尘埃慢慢从这孤坟残局中走来，那逝去的马背上的民族，便统统显现出来。而今都暗下去，西夏王朝像风一样消失了。

西夏的故事谢幕了！ 银川城的新故事正在等待隆重上场。 我期待明天和同学一起到银川滨河新区的考察。 第二天，他如约而至，并带了爱人和孩子一起来。 他一见我就说：“知道你为黄河课题而来，所以我要为你的课题做些贡献。 今天领你去看银川新城。”去新城路上，途经一段明长城，我们便下车去考察。 明长城银川段位于银川市兴庆区黄河东岸，西起横城黄河岸边，东至水洞沟西侧大冲沟与灵武交界，全长 10 千米，始筑于明成化十年（1474 年），嘉靖十年（1531 年）在原墙体基础上重新修筑，墙体及沿线分布有敌台、烽火台等附属设施，是宁夏河东墙的重要组成部分。“长城”一词在民间饱受诟病，人们容易将它与“暴政”联系在一起。 因此，明廷将其长城不叫长城，而称为“边墙”。 “一带山河万里墙”，初秋的银川城外，秋草枯黄，为保护长城遗址，上面整齐地码了许多砖，形成一道边界，一直延伸到远方。 银川的历史就从党项族建立的西夏朝廷发展到明代九边中的重要边塞，如今，这片被中原汉民族与边塞游牧民族反复争夺的地域，正发生着新的变化。

银川滨河新区位于黄河东岸，2014 年银川市在这里投资新建旅游生态园。 项目东至 203 省道，西至黄河，南至黄河东岸农田，北至森林休闲公园，东西宽 1.3 千米，南北长 2.7 千米，建筑面积 200 公顷，总投资 8200 万元，建设背景以位于项目区中心展翅腾飞的凤凰景观林为主。 凤凰图案总长度 900 米，凤头采用高接紫叶短樱，凤凰尾巴以高接金叶榆、侧柏、樟子松、山桃香花槐等植物组成，用不同色叶的景观树种来构筑凤凰图案。我们驱车登上河滨最高处，这里可以俯视整个新区，尤其可以看到用不同色叶植物装扮起来的凤凰图形。图案中的凤凰舞动着美丽的凤尾，翘首黄河，眺望银川市区，寓意着新区建设将给银川人民带来幸福和美好。项目西部是黄河东岸与滨河景观大道之间的区域，建设以乔木和灌木为主，配以少量的地被和花卉的滨水生态景观带。银川滨河旅游生态园项目围绕建设滨河新区文化城、旅游城、生态城、产业城的目标，充分利用丰富的水土资源，融入银川悠久的历史文化，打造滨河新区中部生态景观，它将全面提升城市品位，促进滨河新区大发展。

从观景台上下来，映入眼帘的是，河边格桑花遍地开放，新植的林木一层层、一行行排列在黄河岸边。银川的绿化离不开黄河，树林里满是滴灌的橡皮管子，是它们灌溉出了银川万亩良田，造就了银川黄河岸边层层叠叠的园林。这块地方名叫盘龙湾，这里塑有龙生的九子石像，龙生九子各不相同，每个龙子都有一个独特的名字，相传它们分别掌管人世间的不同业务。在黄河岸边行走，有黄河，便有关于龙、大禹、镇河牛的种种传说，有黄河便有关于人们追求美好幸福生活的故事。

银川城又名凤凰城，这里有关于凤凰的传说。相传很久以前，银川地贫人穷，东有黄河，但河水灌溉不了农田，且常泛滥，西有贺兰山，却挡不住滚滚黄沙肆虐，平原上的大片土地不是黄沙，便是白花花的盐碱地，根本无法耕种，老百姓苦不堪言。这种苦难生活被经过的大雁看到了，它飞到南方，找到能给人们带来幸福的凤凰鸟，把银川人民的生活遭遇告诉了凤凰鸟。心地善良的凤凰鸟连夜兼程赶到银川，决定改变这里人民不幸的生活，它在银川上空飞来飞去，画了一条线和许多圈，这条线就是连接黄河的水渠，这些圈即是银川境内的诸多湖泊，凤凰鸟将从南方带来的种子撒在大地上，请来龙王守住水渠，使黄河水不再泛滥，让黄河水浇灌银川广阔的土地。从此，大地到处都是花草树木和庄稼，牛羊成群奔跑在草原上，贺兰山一高兴，连满头的白发都掉了，变成了满目苍翠的青色。终于，在勤劳的回汉人民努力下，银川成为塞上江南，人们从此过上了好日子。这是一个多好的民间故事啊！凤凰的传说故事象征着人们对美好生活的期盼，如今银川市人民在滨河新区用植物建造了一只新凤凰，这只新凤凰展翅翱翔在贺兰山下！

银川的故事很多，它们反映着当地人民对幸福安逸生活的期盼。店铺里的整羊越来越多，饭桌上的涮羊肉越涮越红火，盖碗茶越喝越甜蜜，手抓羊肉抓出安康如意。同学一家刚从内蒙古参加完摔跤活动，他们兴高采烈地向我描述前两日在内蒙古的快乐旅游生活。那该是我期待考察的另一个神奇的地方。

贰

河套故事

青铜峡：一册宁夏水利史卷

黄河穿中卫平原，北上切断横亘高地，形成一条大峡谷。峡中两岸悬崖陡壁，水面狭窄，宽度仅为 300—500 米，到了坝下游河道突然展宽。相传大禹导河到此，劈开贺兰山后，夕阳将青色岩石染成迷人古铜色，人称“青铜峡”。

地质学家把青铜峡看作黄河上游和中游的分界点，而水文学家则将内蒙古呼和浩特市的托克托县双河镇河口村看作是黄河上中游分界点。前者的理由是，黄河在青铜峡结束青藏高原的流程，进入内蒙古高原和黄土高原流域；后者的论据是，黄河从河口村开始大量携带泥沙，水文上发生了重大变化。然而，如何去划分黄河上中游不是我要着重讨论的问题。对黄河来讲，青铜峡是绕不过的地方。第一，青铜峡曾为甘肃、宁夏、青海三省区重要骆驼道之一，每日过往骆驼不计其数。然而，1958年修建青铜峡水利枢纽后，骆驼古道被淹没。也就是说，青铜峡作为丝绸之路中的一段的意义丧失了。第二，《乾隆中卫县志》载："禹洞，在青铜峡。石洞空阔，相传大禹导河至积石，经宿于此。"《道光中卫县志》里也讲："青铜峡在广武之东北……入峡，北岸有禹王庙，因石穴为殿宇。询据士人述所传闻云：中邑古为泽国，禹导河至积石经此，以神斧凿削石壁，河乃畅流，因祀于此。"青铜峡是大禹导河来过的地方，因此留有禹迹。茫茫禹迹，画为九州，禹迹代表的是中国的疆域。青铜峡峡谷中的大禹文化园即为传说中的禹迹所在之处。第三，青铜峡虽是共和国的重要水利枢纽，但是峡中历史文化遗迹众多、故事众多。镇河铁牛的故事，一百零八塔的故事，从秦代到当代，历代修筑引水工程，古迹重重叠叠，这些古迹叠加在一起，就是宁夏人民利用黄河发展农业，营建家园的故事。

到青铜峡才知道小坝就在青铜峡市，至水利枢纽还需要再乘公交车，青铜峡水利枢纽就坐落在青铜古镇上。进了家小饭馆，老板是个黑而胖的中年人，戴副黑边眼镜，拿着计算器算账，戴着淡青色帽子的老太太忙着给顾客添饭，显然这是一个回民家庭。饭店里的人来来往往，络绎不绝，大概都是为看青铜峡大峡谷而来。桌上茶壶里泡着宁夏独有的八宝茶，吧台上摆着"大窑嘉宾"汽水，按照老板指示的方位向峡谷景区走去，每走几步，就看见一块路牌，上面是古渠简介，还有“宁夏引黄灌溉渠”的字迹，每个地方的路牌基本都是对该地域的推介和宣传，读路牌是人们了解该地域的重要方式。一踏进青铜古镇，到处都是引黄灌溉的古渠道，首先看到第一块路牌“广告”：

秦渠，又名秦家渠，与七级渠有因承沿革关系。原开口于青铜峡出口东岸，距今已有两千多年的历史。七级渠之名最早见于唐大历八年（773 年），秦家渠之名始见于元大德七年（1303 年）。明嘉靖《宁夏新志》记载：‘秦家渠，古渠名也。秦渠的维修整治始建于明代。万历十八年（1590 年）周弘‘依河西汉唐坝筑以石’，天启三年（1623 年）张九德于渠口下筑长拜，修猪嘴码头（挑水坝）。清康熙时李山将进水闸砌以石底。乾隆三十八年（1773 年）改汉渠废口为上口，原口为下口。光绪三十四年（1908 年）陈必淮修复猪嘴码头。民国二十四年（1935 年）河水冲决秦渠细腰子拜，省建设厅督饬，两月工竣未误冬灌。新中国成立后，1958 年青铜峡水利枢纽施工期间，于导明渠以下临时分水闸引水。1960 年年底枢纽截流后，从电站 8 号机组尾水渠引水。1968 年由于引水段险工迭出，将汉渠余家桥以上 5 公里扩整为河东总干渠，1969 年建余桥分水闸引水。同时保留自 8 号井尾水渠临时分水闸以下古渠 5.64 公里，流于余桥分水闸下 1.97 公里汇入秦渠，古渠原貌至今保留。

黄河大峡谷景区

上述文字对青铜峡水利工程做了简要概述，从秦代到当代，青铜峡水利灌溉绵延两千多年。看来俗语所讲“天下黄河富宁夏”是有深刻缘由的。没有宁夏人民引黄灌溉，就不可能养育出银川平原，乃至整个河套平原。黄河北上将中华民族的生存空间向北方大大推进了几个维度，中华农耕文明向北方不断挺进，与草原游牧民族形成胶着状态，这也是这里战争频繁发生，历代多修长城的缘故。一入青铜峡景区是九曲广场，黄河有“九曲十八弯”的美誉，九曲意味着曲折多湾，九曲广场以九龙戏珠和九龙图腾柱组成。“九”在中国文化为极高、极大、极多之意，在银川滨河新区我已经见过龙生的九子，形态各异，司职不同。在青铜峡又见九龙环抱一珠的标志性广场建筑。青铜峡是宁夏九大干渠之首所在，这个九曲广场大概也有类似的含义在内。在黄河岸边行走，这三年内见惯了各色镇河牛、龙的动物形象，还有许许多多治理黄河的历史人物。治国必先治水，治理黄河在中华民族两千多年的农业灌溉史里，是人与自然的斗争史，体现着中国人民的智慧。因为“人工水利系统或多或少具有孽债的不稳定性，而且总是与外部破坏性的环境因素产生相互作用。它们会受到下列种种因素的影响，包括降雨、洪水、干旱、植被的移除或重新覆盖、影响航运和泥沙沉积的土壤侵蚀、湿地的消失、灌溉、盐碱化以及海水的侵袭，等等。水利系统是社会、经济与自然环境遭遇之所，它们之间的关系多半是对抗性的”。

宁夏水利博物馆是中华民族改造自然、征服黄河历史的概览，是宁夏灌溉史的精华集结。作为一个以农业为本的大国，水利在整个国家发展中占有举足轻重的地位。宁夏水利从秦代开始，历经汉、隋唐、南北朝、五代、元、明、清，唯黄河宁夏平原才存在，唯黄河宁夏平原才发展，引黄灌溉伴随着王朝的兴衰而进退，历代传接力棒般将这项关系塞上人民生存的大工程延续下来。毋庸置疑，宁夏经济社会发展史，就是一部波澜壮阔的水利发展史。这里是中国最古老的灌区之一，是孕育中华文明的所在地，北魏刁雍曾凿渠上表：“夫欲育民丰国，事须大田。此土乏雨，正以引河为用。观旧渠堰，乃上古所制，非近代也。富平西南三十里，有艾山，南北二十六里，东西四十五里，凿以通河，似禹旧迹。其两岸作灌田大渠，广余步，山南引水入此渠中。”刁雍的上表得到北魏武帝的赞赏。拓跋族皇帝在治水问题上与他的大臣们意见一致。

到隋唐时期，唐渠流玉。唐徕渠，又称唐槐渠，俗称唐渠，是宁夏引黄灌溉最大的一支干渠。开凿于汉代，原古渠口开在青铜峡出口一百零八塔下，《宋史·外国二·夏国下》卷四八六载："兴、灵则有古渠曰唐来，曰汉源，皆支引黄河。"1950年在青铜峡大坝二闸湾处清理唐徕渠时，从渠底出土了一尊铁牛，铁牛耳下镌有"铁牛铁牛，水向东流"的字样，同时在铁牛身下挖出数十斤唐代开元通宝和五铢钱，这头铁牛可能是唐代疏浚汉渠时敬铸的镇渠"神牛"。在治河中，我们常常发现镇河神牛、犀牛，龙王庙、禹王庙等，凡是和水有关的神灵信仰都呈现在黄河的治理之中。两千多年来，中国人在与河斗的过程中，总结出很多治河的策略，如合龙堵口，铸坝等古代河工技术，也建造了许多庙宇，以及铸造镇河神兽以保黄河安澜。经过隋唐的水利建设，宁夏平原已是一幅繁华锦绣模样。诗人是最善于描述盛世景象的人物，唐朝韦蟾在《送卢潘尚书之灵武》中云："贺兰山下果园成，塞北江南旧有名。水木万家朱户暗，弓刀千队铁衣鸣。心源落落堪为将，胆气堂堂合用兵。却使六番诸子弟，马前不信是书生。"宁夏，古为朔方地，兵家必争地，戍边军士在无战事时，垦荒休养生息，经过黄河灌溉，这里出现水木万家的繁荣景象，这首诗后来成为人们称颂宁夏塞上江南的代表作。

岁月如梭，寒来暑往，五代时党项族人也学会了引水灌溉，塞上江南更加"地饶五谷，尤宜稻麦"。而在西夏灭亡多年后，郭守敬来宁夏治水，在水利建设中运用了新技术，这是宁夏人工灌溉史上的大进步。不言而喻，一代代、一朝朝前赴后继兴修水利，代表着中国人改造自然、征服自然的决心和勇气。苦心人，天不负，宁夏平原这些引黄灌溉工程，使宁夏贫瘠的土地因为得到黄河灌溉变成良田。“神河浩浩来天际，别络分流号汉渠。万顷腴田凭灌溉，千家禾黍足耕锄。”明代诗人朱栴写诗极尽赞美这种灌溉带来的农业丰收好处。在宁夏的水利设施有水车和疏浚河道用来做标尺的准底石等，这些历史遗存充分证明宁夏是一片两千年来农业文明发达的土地。如今古人修筑的引水渠仍然发挥着灌溉农田的作用。唐徕渠、汉延渠、秦渠、汉渠、七星渠、美利渠的灌溉面积比之前还要大。

青铜峡水电站

1958年，青铜峡水利枢纽工程矗立在青铜峡上，这是我国唯一一座闸墩式水电站，也是一项具有红色记忆的水利枢纽工程。当年中国人战天斗地的景象历历在目。宁夏渠工机关巧妙，即使是让现在的水利专家来评价，亦不能不惊叹其完备。当我经过张贴着当年修建青铜峡水利枢纽工程图片的红色文化长廊时，感觉又回到了那个热火朝天的建设工地。

1930年，范长江在他的《中国西北角》里写道：“峡中渡船简陋，码头设备不周，过河一次，颇为困难。”今天，我们乘坐汽轮进入青铜峡谷之中，两岸高山夹持，黄河水激荡，远远望见三角形佛塔

排列在黄河西岸，佛塔见过无数，这样修筑在黄河边的佛塔却是第一次见，且还是喇嘛教式样的佛塔。一百零八塔是西夏时期建筑规模

一百零八塔

较大的佛教遗址，地处青铜峡黄河西岸唐徕古渠引水口，佛塔倚山势而建，顶部为第一座佛塔，整体建筑按奇数排列成 12 行，呈等腰三角形状，是中国现存最大且排列最整齐的喇嘛塔群之一，也是世上稀有的大型塔阵。108 座佛塔为土坯塔，历经元、明、清数次修缮，后由土坯塔变为砖砌塔。所有塔由塔座、塔身、塔刹组成，塔座有十字折角形和八角形束腰须弥塔两种，塔身整体有覆钵形、葫芦形、圆筒形和折腹形四种。佛教是西夏的国教，佛教地位显赫并得到西夏王室和宫廷保护。党项人信奉的佛教是混合型的宗教，属于北方佛教的一支，将吐蕃密教和汉地大乘经典的传统奇妙地糅合在一起。一百零八塔正是这种结合的体现，它见证了西夏人当年对宁夏的统治。

青铜峡大峡谷是贺兰山余脉，峡谷内河面宽广，汽轮驶进峡谷，水浪激荡，风将汽轮上的红旗吹得呼啦啦地响。清人栗尔章有诗《青铜禹迹》云："铜峡中间两壁蹲，何年禹祠建山根。随刊八载

大禹文化园

标新迹，疏凿千秋有旧痕。凭溯源流推远德，采风作述识高门。黄河永著安澜颂，留取丰功万古存。”沿途有大禹文化园，是个新建筑。按照史料记载，这里曾是大禹庙的位置，即大禹导河所到之处。大禹文化园前临河塑有一尊大禹像。大禹头戴帝王冠冕，面向黄河，一手拿“耒”，一手指向前方。大禹手中的“耒”始终在提醒人们不要忘记大禹治水的功绩。作为一个历史的开创者，大禹更是一个治水英雄，从大禹起，凡统治者，莫不以治水为最重要的国策。治国则必先治水，水治则国治。

而今，蓝天白云下，贺兰山苍苍，游艇从水面上驶过，划出一道长长的白线或水带，在阳光的照射下，峡谷内波光荡漾。游船驶到峡谷尽头，就离开贺兰山了，黄河出峡谷，河面更宽阔，因为没有了山的阻隔，便见水天相接。能看到距离水面很低的红色“青铜峡”三个字，这才看清楚贺兰山上是有绿草的，只是颜色不是那么深，从远处看，淡淡的。

羊皮筏、黄河桥与火车站

河套故事

黄河流过青藏高原 2000 多千米，冲出黑山峡，在沙坡头来个大转弯，引黄灌溉水利工程将这片沙地变成了塞上江南。我曾经在许多画册里看到沙坡头黄河的照片，水沙相依，河曲蜿蜒，看起来非常

沙坡头

壮美。2017年10月夜，我从青铜峡乘坐大巴来到这座久负盛名的中卫市，夜色里的中卫城火树银花、灯火辉煌，中心街市宛如神仙洞府一般。第二天清晨，乘坐出租车前往沙坡头，沙坡头距离中卫市16千米，路程不远，与两个来自广州的女孩一起拼车，车费总共20元。问来中卫的游客多不多？光看出租车要不上价这件事情，就知道中卫市有多少辆出租在跑沙坡头生意，竞争相当激烈，以至于出租车价格越压越低。在车上司机一个劲地动员我们去腾格里沙漠，这样就可免去从沙坡头正规景点进去一人100元的门票钱，但我们还是谢绝了司机的推荐。在我们眼中，沙坡头的这位出租车司机已是一名熟练的旅游推介员，他的车上备有沙坡头景观和消费标准手册，随时可为游客提供服务。

在黄河上游行走，最想体验的便是乘坐羊皮筏子。羊皮筏子有大小型之分，以十三只囫囵的羊皮囊充气后鼓囊囊地绑缚在木板上，是小筏子。据说还有绑缚六百多只羊皮囊的筏子，长达20米，宽7米左右，承载20—30吨，用来载货物，这样巨大的羊皮筏子顺流而下，可以日行100千米。在中卫我们见到的羊皮筏子是供游客游玩的，由十三只完整的羊剥下的皮和几根木棍捆扎在一起组成。油腻腻、黄亮亮的皮囊活像是十三只活着的羊，能感觉到它们的生命存在，似乎有灵魂附着在皮上。

黄河上游的羊皮筏子历史悠久，使用的范围广泛。《尚书·夏书·禹贡》里记载："浮于积石，至于龙门、西河，会于渭汭。"说的是大禹治水时曾乘坐羊皮筏从青海甘肃交界处的积石山导河，然后一直漂流到中卫。这里的筏子就是古人说的浑脱皮筏。真正史料上记载人们使用羊皮筏子渡河是汉明帝永平八年（65 年），北匈奴派遣两千骑兵到朔方北岸，用皮革船将脱离汉朝的南匈奴人从南岸运到了北岸。汉章帝章和二年（88 年）护羌校尉邓训派遣任尚率军“缝革为船，至于箄上以渡河”。唐代杜佑《通典》载：“以浑脱羊皮，吹起令满，扎其孔，束于腋下，浮渡。”宋代军事家曾公亮在其《武经总要》中写道：“浮囊者，以浑脱羊皮吹气令满，系其空，束于腋下，人浮以渡。”后来明朝嘉靖八年进士李中麓见到黄河上的浑脱皮筏载兵渡河的情形，写下一首诗：“黄河万里障边隅，黠虏年来谋计殊。不用轻帆与短棹，浑脱飞渡只须臾。”羊皮筏子在青海西宁、甘肃兰州、宁夏中卫一带都有。旧时老西宁陆路交通不便，便用羊皮筏子进行水运。一条路线是从西宁沿湟水到兰州，另一条线是从贵德顺黄河漂流到包头。平素羊皮筏子名气这么大，到中卫黄河就不能不坐一坐它。羊皮筏子客们头戴毡帽，身穿橘黄色救生衣，手抄木桨，等待四位游客两人一组背靠背坐好，他们木桨轻轻一点，羊皮筏子便离开了岸。划过岸边丛生的芦苇，以及不知名的水草，筏子在黄河里上下漂浮，阳光照在河面上波光粼粼。

天呀么天宽，哎嗨，

心相连，哎嗨，不孤单，

雪花漫天飞，雪花漫天飞，

心上人啊，赛过雪花白。

小呀小呀哥哥，小呀小哥哥。

小呀小哥哥呀，认识了你再来。

筏子客哼起“花儿”，歌声在黄河里飘荡，仿佛远古的大禹乘浑脱皮筏而来，又似乎旧日的筏子客运载着客人从远处来。忽然，又穿插进来另一个筏子客的声音。“花儿”此起彼伏，不绝如缕。新中国成立前，黄河上游没有大型渡轮，就全靠着羊皮筏子进行水上运输，筏子客们就整天在惊涛骇浪里讨生活。有首“花儿”这样唱：“黄河上耍水的筏子客，性命在浪尖上绕哩。”往往春夏季节，是筏子客最繁忙的季节，等到冬日沿河结冰，筏子客们便一边窝冬，一边修补皮筏，等待春天开工。黄河解冻时就听到河里的冰啪啪地响，冰下的水哗哗地流淌，“开河喽！”筏子客欣喜若狂地叫，而等到每年黄河结冰时，他们又大声喊道：“关河喽！”整个冬天的黄河便在这一声声的叫喊声中沉寂下来。筏子客一般以沿河的回族和撒拉族人居多，且都是年轻力壮、熟悉水性者。有时河里还会有小木瓦，即一种原始的渡河工具——独木舟，不过那都是在青海循化黄河里。一个小伙子抱着小木瓦到河边，跳上去，用手做桨，就划到对岸。而划羊皮筏子有短距离和长距离之分，划短距离的，待货物或客人到站，筏子客便将筏子背回到刚放筏的地方，等待为下一波客人服务。

我们的筏子行驶到河中央，经过一座新建起的黄河玻璃桥，许多人在桥上踩玻璃，透过透明的玻璃可以清晰地看到底下黄河里的浊浪，还有在黄河里乘羊皮筏子的游客。筏子上的人抬头看见头顶上的一只只脚，阳光将玻璃桥照得光亮亮的。如今，黄河大桥的功能已由运输转变为旅游项目，这也是件新鲜事。我们在黄河上漂呀漂，恍然回到古时，黄河上的摆渡工具从羊皮筏子到大木船、铁船，再到现在的横跨两岸的黄河玻璃桥，羊皮筏子基本上已经退出黄河人家的生活，仅仅作为一个非物质文化遗产供我们体验黄河文化。不过这条河上除了有黄河玻璃桥，还有索道，人们坐在索道上飞越黄河，刺激、激动，科技的发展让人们用不同的方式征服黄河。

今天，人们享受黄河，体验黄河，殊不知羊皮筏子客曾是一个多么危险的职业。有多少筏子客命丧险滩，又有多少货物在漂流中遇礁石翻船。筏子客们运输货物、摆渡旅客，“花儿”便是他们的船歌。筏子在黄河上漂流，“花儿”便在黄河岸边传播。眼前的这些筏子客们唱的“花儿”让我想起了另一首著名的黄河船歌《黄河船夫曲》。这首《黄河船夫曲》是由一个叫李思命的船工创作的。李家三代都是船工，住在黄河岸边的佳县螅镇荷叶坪村。在河套呈现为东西走向的黄河，在河口村来个九十度的大转弯，向南转下，由鄂尔多斯高原左带吕梁，右襟陕北，深切黄土高原，谷深达到 100 米以上，谷底高程由 1000 米下降至 400 米以下，河床最窄处的壶口瀑布，仅有 30—50 米，河流峻急，险象环生，浊浪排空。陕晋峡谷的河滩多卵石，少的是土地，李思命跑河道从内蒙古包头到禹门口，正是黄河最险峻的一段，他几年摸滚跌爬成为一名出色的艄公。1920 年荷叶坪村春节闹社火，其中一个节目就是搬水船。李思命是搬水船的好手，还有一副好嗓子，又喜欢热闹，这就使得他的搬水船表演与众不同。

一首《黄河船夫曲》唱出了船工的苦、山陕峡谷的奇和险，用问答形式更见自然亲切感。此歌一出，引起极大反响，一位叫李韶华的识字先生找来李思命一遍一遍地唱，自己一遍一遍地记谱。第二年，李思命的《黄河船夫曲》被周围村子人们传唱。1942 年鲁艺学院组织学生慰问河防将士，顺便在佳县黄河沿岸搜集民歌，他们找到李思命当场演唱，经过整理成为《陕甘宁老根据地民歌选》中的经典曲目。如今到陕北还能听到王向荣演唱的《黄河船夫曲》，歌声令人荡气回肠。

如今羊皮筏子客已成为一种旅游服务人员，或者说工作人员。人们乘坐羊皮筏体验千年来传统的摆渡方式，感受黄河母亲给予的那份宽厚包容。上岸后我提议与筏子客合影，小伙子将羊皮筏子竖立起来，笑眯眯地站在他的筏子下，我知道对于每一个筏子客来说，筏子便是他们的标记，果不其然，他的筏子上有一块铁皮牌子，上写：

笔者和筏子客合影

皮筏五不出港

超员载客不出港

安全检查不落实不出港

救生衣穿着不规范不出港

游客搭配不平稳不出港

安全宣讲不全面不出港

087

087 号就是这位年轻筏子客的工号，望着他赭红色腼腆的脸，我在征求他们服务态度的意见簿上为他写上了一句好话，刚才他一再叮嘱我要记着为他填写意见呢！

不言而喻，中卫是一座以旅游著称的城市，每年七八月的金秋时节是中卫最热闹的日子。来自全国各地的游客慕名来到中卫，为的就是一睹美丽的沙坡头。从昨夜到达这座城市，到今日在沙坡头感受沙漠黄河，参观沙坡头博物馆，我深深感受到中卫这座小城在整个黄河文明中的不可或缺性。

夜色里人头攒动，车辆川流不息，很多人像我一样，夜里到了中卫，等待第二天就要去领略沙坡头美景，今夜又有很多人和我一样要离开这里。到中卫火车站，人更多，所有的座位都被占满。国庆长假期间，中卫迎来了一年中的旅游高峰期。火车站只有一间候车室，也是进出站处，四个铁门，有四五位检票员，紧张有序地安排乘客候车、检票。我观察了一下，检票时留两个检票口，另两个铁门关闭。等下一趟来时，又将这两个关闭的门开启，另两个关闭。男检票员的声音富有磁性，清晰悦耳，清楚地报出即将进站列车的车次，停车、开车时间，这种声音唯有播音员才有，而我却在黄河岸边一座小城中卫的火车站领略到了。如同欣赏艺术般欣赏检票员的报站声音，这座小站在我脑海里留下深刻而美好的印象。别了，中卫，别了，火车站，别了，富有磁性声音的检票员，这是中卫最好的名片。

肆

—河套故事—

『有托县，没有河口』

呼和浩特市

夜里从贺兰山下中卫市直奔阴山脚下呼和浩特市，火车铁轨震出很大声音。我知道，北上了。不知多少王朝随风而过，不知多少历史悲歌被大河淹没。天空越来越苍茫，白杨越来越枯黄，没到额济纳就能想到那里胡杨林的动人心魂，而我们既不为大草原而来，也不为胡杨林而来，我是为敕勒川上的那条河而来的。

呼和浩特市，蒙古语是“青色的城”的意思，因历史上召庙众多，又称“召城”。夏商周时期为北方游牧部落驻地；战国时期，赵武灵王在此建云中城；魏晋南北朝时，鲜卑族拓跋部在北方兴起，其早期都城“盛乐”即在今呼和浩特南面 40 千米的和林格尔县上土城村北盛乐经济园区西。10 世纪初，辽国在此设天德军及丰州，丰州故址在今呼和浩特东南约 20 千米的白塔村附近。明万历九年（1581 年），土默特蒙古部首领俺答汗及其夫人三娘子建库库和屯，明朝命名为“归化”，即呼和浩特旧城。清雍正十三年（1735 年）建新城，命名为“归绥”。民国十七年（1928 年）建绥远省，设归绥市，1954 年撤销绥远省，归绥市改名呼和浩特市。

今天的呼和浩特市为我国北方沿边开放城市，重要的毛纺织工业中心之一，是通往蒙古、俄罗斯以及东欧国家的桥梁与贸易窗口，人称“中国乳都”。这个称谓我一进呼和浩特市就感觉到了，内蒙古的酸奶有一种绵软香甜的味道，大街上常见悬挂草原羊群的图片。一入呼和浩特市，那种草原气息扑面而来，牛肉面馆里的大碗上印着独特的花纹，街上所有店铺招牌上都是一串蒙文，一组汉字。一夜之间从宁夏到内蒙古，真是两重天！初进内蒙古，感受大地的辽阔苍远，耳边似乎有草原牧歌般的轻吟。不知为什么，这种感觉在宁夏没有，而一到呼和浩特市就自然而来。秋天的呼和浩特市已经几分薄寒，树叶在脚下翻卷。我去的第一站是老城区的大召寺。

大召寺汉语“无量寺”，蒙语称“伊克昭”，意为大庙，历史上曾有银佛寺、甘珠尔寺、大乘法轮召等多种称谓。明朝万历四年（1576 年），土默特首领阿拉坦汗在青海仰华寺和西藏高僧索南嘉措会晤，从此皈依藏传佛教。阿拉坦汗回到漠南蒙古（今内蒙古）后，万历七年（1579 年）建大召寺，万历皇帝赐名“弘慈寺”，清崇德五年（1640 年），清太宗皇太极命土默特都统古禄格·楚琥尔重新修缮扩建大召寺后，改名为“无量寺”，寺名沿用至今。大召寺占地 3 万平方米，建筑特点为“伽蓝七堂式”，分山门、天王殿、菩提过殿、大雄宝殿、藏经阁五重，西跨院里有石头旗杆、汉白玉吉祥八塔、天王殿、藏经阁、大白伞盖佛母殿、公中仓，东跨院里依次是天王殿、千手观音佛殿、玉佛殿、弥勒佛殿。大召寺内有明宣德炉，清康熙皇帝用过的龙凤孔雀伞，康熙皇帝赐的珍珠八宝宫灯、万岁龙牌，乾隆皇帝赐的鎏金财神，以及明清两代唐卡和宗教活动使用的各种法器、面具等，均为极为珍贵的历史文物和艺术珍品。供奉在佛殿内的释迦牟尼像即银佛，距今 400 余年，由尼泊尔工匠制作，全身由 3 万两纯银铸成，是中国现存最大的银佛之一。玉佛殿内供奉有玉制的释迦牟尼造像，佛造像由 20 吨整块缅甸玉雕刻而成，佛像面容丰满、神态安详，袈裟上镶嵌 41000 颗红宝石与 7000 颗钻石，光彩夺目。我们去时东跨院的观音殿里正在举行盛大的法事活动，几百名身披藏红色袈裟的僧人在大殿里诵经，洪亮的诵经声在大殿内轰鸣。

从大召寺走过，从塞上老街走过，耳边似乎响起草原上的驼铃声。清时归化城是一座著名的万驼之城。在 1692 年至 1905 年的时间里，欧亚之间有一条东起归化城，西抵伊尔库茨克的商道，人们把这条道称作“茶叶之路”。那时，每年有数十万担，甚至上百万担的茶叶从归化城运往外蒙古和俄罗斯。往返于中俄戈壁沙漠之间靠的全是驼队。那时节从归化城出发的驼队走向茫茫草原之外的乌里雅苏台、科布多、库伦、恰克图、尼布楚、伊尔库茨克、托博尔斯克、秋明、罗斯托夫和莫斯科，也从归化城走向迪化（乌鲁木齐）和伊犁，走向山西、河北、河南等内地省份，驼队使归化城成为我国清代北方重要商埠，最大的皮毛、药材集散地和肉食品加工基地，对俄蒙贸易的华商大本营。商业使归化城人口猛增、市场兴旺、城区扩大、商业店铺栉比鳞次，皮毛行、钱行、当行、马店、驼店、面行、皮行、碾行、靴行、饼行、毡行、杂货行、酒饭行应有尽有，城外周边村镇养驼成风。16 万骆驼组成的驼队，带来了近百万只羊、20 余万匹马的牲畜生意，带来了药材市场 3000 多斤鹿茸、近千万斤甘草生意，带来了繁盛的皮毛生意。

商业的发达使金融业迅速兴起，钱庄和票号开遍城里城外。如大盛魁是归化城里最大的旅蒙商号，从创业时至抗战前结束，历 240 年之久。17 世纪中叶以后，俄国商队伴随武装力量的扩张进入内蒙古腹地贸易。康熙二十八年（1689 年），中俄《尼布楚条约》签订，限定俄商经尼布楚、额尔古纳堡到东北贸易，沙俄组织国家商队，开辟经恰克图、库伦、张家口到北京的中路贸易线路。雍正八年（1730 年），以中俄交界碑南北 2 华里为界，在恰克图南面建买卖城，供华商居住，称前营子，北面供俄商居住，称后营子。自此，这个小城，开始取代库伦成为中俄贸易的新兴市镇。近两个世纪的对俄贸易中，占垄断地位起主导作用的始终是山西商人。他们不仅在边地贸易中声势显赫，在铜、盐及水路外贸经营中，与两淮盐商、江浙外贸商竞争角逐，也曾屡占优势。过去，从张家口至恰克图有 1500 千米之遥，当时千山万水的阻隔，酷暑严寒的煎熬，大漠风沙之苦，匪截盗抢之祸，水陆交通的落后，运输工具的简陋，都是摆在商人面前几乎不可逾越的障碍。所有这些问题，靠清政府是难以解决的，晋商知难而进，创建了驼马商队，开通了贯通数省的茶马商路，建立了北方边镇地区与山西、河北、河南、湖北、湖南、福建等地的经济联系，在南北相距千万里之遥的产销地区间，架起了商品经济的桥梁。直到改革开放后，一批俄罗斯商人来到中国，打开他们列出的货物清单，上面依然写着晋商“川”字茶砖。如今，大召寺广场上塑造的阿拉坦汗塑像静静地俯视着这座塞外边城里来来往往的人们。观音庙正对的广场正在举办大型博览会，里面商品琳琅满目，全国各地的特产应有尽有，但以东北与内蒙古特产居多。

翌日，从“青色的城”到托克托县，秋日收获后的庄稼地呈现出土默川平原特有的宽容和广阔，类似陕北话，又不同于陕北话的方言传来。“要看就看神泉吧，河口镇没什么。”所有的托县人都劝我。呵呵，而我是为啥而来的呢？托县就是托克托县，酒店的服务员告诉我，至于赵武灵王，她不知道，可她加了一句很关键的话，“云中古城现在是托县的云中酒厂”。为此，隔着玻璃窗，我很认真地观看摆放在里面的云中酒厂酿造的古云中酒。所有的酒瓶子不是用皮革包就，就是罩着蒙古袍子式的装饰，哈哈，真到草原了，猛一抬头头碰在了玻璃窗上。托克托啊！我和你碰头而遇，而云中郡呢？两千年前，赵武灵王昼见群鹄游于云中，徘徊竟数日，武侯曰：“此为我乎？”于是乃于其处筑城，即是云中城。两千年后，我远远地望见一堵颓墙横在城外，此乃云中酒厂乎？

历史的沧桑在于物非，人也非处。城楼上赫然写着“东胜卫”，一个明时才诞生的名字。云中郡，蒙古高原上的第一座城，一个以胡服骑射搅动中国历史的古城；东胜卫，一个大明王朝以防范蒙古入侵而设置的外三卫，曾牢牢地扼着河套的关键处；脱脱城，一个以蒙古大将托克托命名的城池，而今版筑的土墙仍在。这废墟般的云中郡，酒厂里的东胜卫，元时的脱脱城，今日的托克托县，两千多年匈奴蒙汉争夺的城池，亦耕亦牧的生活方式，民众亦汉亦胡的身份。黄河在这里给予当地老百姓最丰厚、最多样的馈赠。

人常说：先有河口镇，才有托克托城。可是，当我们步入河口村，古时的河口镇，早已是繁华落尽。村里稀稀拉拉地闲坐着几位老人，看不出当年这里物资流转、舟船停靠的热闹和喧嚣，也瞧不出什么店铺林立，更听不到什么五方杂厝的乡音，徒有一处无人的戏楼，几只村犬在村口闲游。

但河口镇确实繁荣过，它在辽金时期发展起来，乾隆元年(1736 年)，因官府准其囤转盐碱，商业更加兴隆。嘉庆十二年(1807 年)，正式被命名为河口镇。那时节内地商贾，尤其是秦晋两省商人，利用黄河这一段平稳宽敞的黄金水道，将内地的粮食、布匹、茶叶，以及各种生活用品用舟船运载过来，又将鄂尔多斯出产的牲畜、皮毛、奶酪，以及黄河岸边生长的甘草等物资运载出去。物流运转催生了粮食加工、酿酒、熬盐、制碱、造船、制药（熬制甘草膏等）等多种手工业，造就了河口镇的愈加兴盛。据说兴隆时，大河里舟船往来如梭，镇子上商铺鳞次栉比，人口可过万，船夫有千员，仅以清同治年间修建的龙王庙便可证明当年的繁荣。不过清时修建的龙王庙已不复存在，现在的龙王庙是后来重建的，两根铸铁蟠龙旗杆倒是清时遗物。旗杆高三丈六尺五寸，表示一回归年为365天。每根旗杆上各盘九条龙，虽然锈迹斑斑，但飞舞灵动，旗杆下端的最粗部位铸有对联一副，对联之上铸有唐代诗人王维、王之涣的名诗，琴棋书画图案，以及铸造匠人、商号和时间。旗杆不仅做工精美，而且蕴藏的文化内涵深厚，是河口镇繁荣的实物文献，也是历史兴衰的见证人。

“过去是先有河口，才有托县，现在却是有了托县，没了河口啊。”给我们讲龙王庙里旗杆掌故的看庙老人深深感叹！是啊，历史沧桑，岁月变迁，随着商品贸易的不断发展，以及晋陕人走西口的热潮，河口镇一度吸引了来自黄河下游保德、河曲及府谷等地人口定居于此。在伊克昭盟（今鄂尔多斯市）准格尔旗与呼和浩特市清水河县交界处有一个古渡，名叫喇嘛湾。中华人民共和国成立后，喇嘛湾至包头段的船只往返不断。20世纪60年代初，喇嘛湾渡口实现了拖轮渡运。交通部门先后在这里成立胜利木帆船运输合作社和航运管理站（机构就设在君子津附近的拐上村）。

20世纪70年代初，黄河内蒙古段除有下城湾黄河公路大桥外，各地跨越黄河都用轮渡。现在高速公路四通八达、新建黄河大桥横跨两岸，托克托县早已不是往日的容颜，兴盛200年的水旱大码头河口镇失去了往日的繁华和骄傲，这叫河口人怎么不感叹？

不过，对于今天的河口村来讲，黄河上中游的分界碑仍是它傲骄之处。我们去时，一座黄河母亲雕塑屹立在村边，这尊雕塑与兰州黄河岸边的黄河母亲雕塑非常相似，差别是婴孩的姿态有所不同。塑像旁立一石碑，一面镌刻着爱国主义教育基地字样，另一面刻着河口的历史沿革：

黄河母亲雕塑

黄河，这条孕育了中华民族五千年文明的母亲河，流经上游的崇山峻岭之后，在古老的托克托留下了她的雄浑和豪迈。河口是大黑河注入黄河的入口处，也是黄河上游与中游的分界点；这里水面宽阔、气势恢宏，河水自西浩荡而来，又南折晋陕峡谷而去。

河口，史称君子津。……

请原谅我没有将碑文录全，因为这块碑的文字功力确实难以恭维。但它还是交代清楚了发生在此处的几件重要事件。其一，分界碑的作用。其二，河口又名为君子津的历史典故。关于此，《水经注》上说得清楚：

皇魏桓帝十一年，西幸榆中，东行代地。洛阳大贾，赍金货随帝后行，夜迷失道，往投津长，曰：子封送之。

渡河，贾人卒死，津长埋之。其子寻求父丧，发冢举尸，资囊一无所损。其子悉以金与之，津长不受。事闻于帝，帝曰：君子也。即名其津为君子济。

其三，1696 年康熙皇帝平定噶尔丹叛乱，从这里率大军跨越黄河，追击叛军，完成国家统一。其四，抗战时爱国志士从这里渡过黄河奔赴延安。

一篇碑文从历史地理标志介绍到古渡口得名，清帝御驾亲征，乃至抗战烽火中的中国革命，勾连起几千年的中国历史。真是河口见证历史沧桑，河口见证民族兴亡。

而今，顺着界碑走下去，河口的黄河水缓缓流动，遍地金色芦苇，在秋阳照耀下产生野性美，不远处有黄河大桥横亘，路边盛开的格桑花平添几分高原味。

在这大青山下，陡然想起“独留青冢向黄昏”的从长安而来的女子王昭君。今天我们已无法得知她究竟是为了家国抛弃了爱情，还是为了爱情来到这敕勒川，阴山下，天似穹庐，笼盖四野的土默川平原。只知道两千年后，我从长安而来，站在这养育着回族、汉族、蒙古族等多民族的黄河边，站在这曾孕育了西夏、蒙古、中原王朝的黄河滩上，不管是草原牧马，还是河滩耕田，敕勒川都是如此丰美迷人。

历史有兴盛，也有衰落，要衰落就让它衰落吧。作为地名的河口镇已在地图上消失了，而作为托克托县双河镇的河口村已在我的脑海中留下了难以磨灭的记忆。当河口与托县连在一起，当托县与呼和浩特市连在一起，当呼和浩特市和中国连在一起，发展是一列不可阻挡的动车，河口也不例外。

HEDONG GUSHI

河东故事

一部黄河史就是一部家国史，一部黄河史就是一部民族保家卫国史。

晋南，也就是我们所讲的狭义河东，也是我最初萌发“黄河中国”考察和研究的缘起之地，随后对这个地域的考察加深了我对其是华夏文明直源的认识。人常言：“山之西，河之东，人之杰，地之灵。”这是对河东地区最恰当的描述。早期人类生活地，尧舜禹时期的都邑，唐时的人文荟萃、宗族文化深厚的地域，这些丰富的文化内涵加深了河东在“黄河中国”故事中的分量，而广义的河东是指除太原以外的山西省全部，为了叙述的便利，我在这里使用的是广义河东概念。

河东故事

黄河岸边的家

极目远眺，黄河就在眼前，宽阔的河床里是清澈的黄河水，二舅的家就坐落在黄土高原这千沟万壑里。从来没有像今天这样清晰地见过黄河，山野的风清而冽，吹在脸上有寒气，就连阳光洒在脸上、手上，都是冰凉的。二舅的四合院坐落在面前的这片空地后面，四

晨曦中的黄河岸边

四方方的青砖瓦房显示出农家院落的齐整庄严，拴在门口的大黄狗甩着尾巴偶尔吠了几声。

从陕西到山西，剪不断的亲情相连，相逢黄河岸边的激动。河岸边的树木尚小，纤细的枝干在阳光的照射下，与河水、蓝天的映衬呈现出俊朗的美。有的形成剪影和岸边枯草相间，更见风韵。北方的白杨树异常挺拔，山西黄河岸边的风光是一幅明艳的画卷。等到了没有树林的地方，黄河便和岸堤连在一起，河面淼阔。时不时见废弃的窑洞如蚁穴，密密麻麻地陈列在黄土高原上。

二舅过去居住的窑洞也在这里，黄土围成的院墙，中间是四四方方的院子，再往后延伸就是过去的两孔窑洞，60 年前二舅从陕西被家人送到山西，就在这片土崖前，为养母、妻子、儿女，还有自己打下这两孔窑洞，缔造了一个温暖的家。那是一个什么样的窑洞哪！那天我和舅母专门去看了当年他们全家的栖身之处。两孔窑洞里面连一根木头都没有，黄土高原黄土的垂直性，让土窑不用任何支撑物就可以保持坚固，而主要的原因是那时很穷，根本没有一根木头，只有这黄土不要钱，只要有力气，打一孔窑洞，还可再打一孔。旧窑里是泥坯子墙，前面是炕，中间做厨房，后面堆杂物。

二舅叔伯兄弟的儿子借了这两孔窑洞来住。我们去时，阳光照在院子里，暖和得很，大概是因为风吹到崖前就被挡住了。黄土高原上这原始的民居依然有它冬暖的优势，估计到了夏天也会很凉快。当年它们为二舅全家遮风挡雨，如今被二舅叔伯兄弟的儿子和媳妇借居，因为媳妇怀了孩子就要生产了，也许这是什么习俗，如果不是因为特殊情况，估计也不会借二舅的窑洞住。我像参观历史遗址一样参观这两孔黄土高原上的旧窑。这里是二舅流血流汗的地方，当年他过继到山西平陆姨母家做儿子，贫穷的家不能提供给他更好的生活条件，他就在这里用镐头挖出一方家园，而像二舅家这样的旧窑周边还有好多。当年晋南农民都是在这样的窑洞里生活、繁衍，而今都有了新居，搬到崖上住了。

二舅在自己的两孔窑洞上建造了新居。因为新宅院前半部在过去窑洞的上面，不能承重，二舅建造新居，便有意将这里空出来，留做前院。晋南农民的新院落都是这样的建造模式，前面一段黄土崖，后面是院落。清晨起来，站在院前这片空旷的土地上向远处望去，看见崖下远远的黄河和河对面的三门峡，如果不怕冷，春寒中顺着青砖砌成的楼梯上去，站在屋顶上瞭望，愈加清晰而完整的黄河便在眼底。

二舅的四合院内有处空闲地，舅母说春天时，他们就会在这里种些蔬菜，炒菜时到院里摘些辣椒，或者茄子、豆角什么的，生活过得惬意自在。如今晋南的农民基本上都已过上近乎城里人的生活了，粮食全部是买的，过去自己做醋，现在也不做了。冬天家里的炉子生得旺旺的，没有严冬的寒冷感觉。二舅院落外种了些果树，村外也是一大片一大片的果树，在春寒料峭里枯寒的树枝挺出初春的信息。这个时候，它们只有枝干，一到春天，村子里，村子外，苹果树开花，桃树开花，粉的一片，白的一片，漂亮极了。

在二舅的院子里，我们照了一张合影，合影里有舅母、表妹、表弟、弟媳、一对双胞胎侄子，还有我和女儿。初春的阳光乍暖还寒，四合院纯色的青砖庄严周正，大红绒的门帘喜庆热烈。我们感受到亲人团聚的快乐，感受到大自然的严寒和温暖，更感受到黄河边上一个和谐美满的家的温暖。目光越过宽阔浩渺的黄河河面，对面是河南三门峡，二舅的两个孙子就在三门峡市里上学。每到周末，二舅就开车驶过黄河大桥，接孩子回家团聚。历史沧桑变化，远离老家的二舅逐渐地把山西当作了自己的家，并在这里生儿育女，儿子又生了儿子，这个家便延续兴旺起来了。

黄河边上的家！一个多么温暖的文化意象。这是一个古老民族的根脉所在，承载着中华民族太多的苦难和光荣。夜里，我们在二舅家里谈笑风生，说往事，感受亲人离别相聚的伤感和喜悦，说今天生活，说二舅开车到三门峡接送两个孙子的高兴情景，说平陆有哪些好玩的地方，说起太多太多的事情。我知道在我们聊天的屋外，所有的树枝都向天空伸展开来，与天空构成一幅极美的画面。初春夜空浩瀚，我再次枕着黄河入眠……

河东故事

血战中条，保家卫国

二舅从小就被送到山西姨婆家。据外婆讲，日本人占领山西时，给那里的女人打了一种针剂。此后，打过这种针剂的女人就无法生育，不知道这话是不是真的，但姨婆（外婆的姐姐）不生育是真的，就想向儿女众多的外婆要个孩子。外爷是个豪气的男人，说：“要给就给个儿子吧，替他们家顶门立户。”于是，二舅被选中，四岁时便被送到山西平陆梁家滩。

说起来，这一切的渊源是外爷当年娶了山西姑娘，而外爷和外婆的这段姻缘是由于中条山战役。中条山战役是国民党军队在晋南与日军大规模作战的一次战役，外爷作为三秦子弟，曾是杨虎城将军手下孙蔚如统领的十七军的一个下级军官。由于中条山战役之重大，当时从关中调集几十万大军，血战中条，八百三秦子弟兵最后被逼到中条山顶，全部跳入黄河殉国。小的时候，常听外爷描述他在中条山作战的英勇，据说他老人家劈马刀劈得特别好，在中条山摔断了一条腿，但浑身上下没有留一个枪子。外爷在中条山有缘结识了外婆，才有了后来二舅过继给山西姨婆做儿子的故事。

因为外爷的这些英勇事迹，此次晋南之行，我一定要看中条山。雪落在中条山的雪岭上，几乎看不到人影，茫茫雪岭有一种静寂之美，张店便是中条山的一部分，我总以为中条山是一座土山，因为在我的想象中外爷当年血战中条山，那应该是在黄土崖，而实际如宋元绘画里的风景。雪落在中条山上，这北国的山地，苍苍茫茫的雪域。看不到任何当年血战的痕迹，要看中条山战役遗迹得到黄河边上。

清晨的阳光照在河滩，澄蓝澄蓝的天，石子铺就的路，层层叠叠的山坡，纵横交错的黄土高原上的沟壑。黄河就在身边，河这边是山西平陆县，那边是河南三门峡市。我们就在平陆这边的河滩上向着太阳升起的地方前进，远远地看到一座高耸的纪念碑，上书：中条山抗日战争六六战役纪念碑。

六六战役是抗日战争期间发生在平陆县的一次著名战役，也是杨虎城将军的西北军（时称第四集团军）驻守中条山期间最大的一次战役。1939 年 6 月 6 日，日军 3 万余人和 38 架飞机，首先占领了张茅线战略要道，后自解县至二十岭、陌南以东，张店茅津以西分九路对驻守在中条山的第四集团军 2 万余将士三面合击，在孙蔚如司令指挥下，李兴中军长、陈硕儒师长、孔从洲旅长率军与敌血肉相搏，

纪念碑

最终，寡不敌众，防线失守。7日，九十六军军部，一七七师，独立四十六旅、四十七旅被逼到黄河岸边。在牺盟会（地下党）的配合下，大部分将士沿着五龙庙沟向北突围。8日，日军占领老县城，3000多名将士阵亡。在沙口村东道壕日军把抓到的600多名将士全部刺死，鲜血染红了沙口滩。突围后的四十六旅在东车村全歼日军一个炮兵中队。9日，日军又向张茅线东进攻，赵寿山军长指挥十七师机动防御，在茅津、古计王村给日军以重创，后在四十七军的配合下，打退日军进攻，恢复了阵地。此役历时13天，第四集团军牺牲和失踪8800多名将士，日军伤亡惨重，挫败了日军控制茅津渡、阻断陇海铁路的战略企图。

驻足纪念碑前，思绪万千，历史一幕幕浮上眼前。1938年3月，日军占领运城，企图打过黄河，控制陇海线，5月，孙蔚如率领三十一军团从禹门口东渡黄河与日军作战。1939年，三十一军团改编成的第四集团军，辖三十八军、四十七军、九十六军，约4万余人，布防中条山。两年里，大规模作战11次，著名战役有血战永济、张茅线的“三二九战役”、望原的“四一七战役”，尤其以血染沙口滩的“六六战役”最为惨烈，最为悲壮。第四集团军深入敌后扰乱作战数十次，攻碉堡、割电线、炸军车、劫粮草，有效遏制了日军西进和南下的战略目的。1940年10月，第四集团军调离，曾万钟第五集团军、刘茂恩第十四集团军，还有战区直辖的第八十军、第九军、游击第六纵队，总兵力约20万人驻守中条山。1941年5月，日军以10万兵力，采取空中陆地联合的猛烈攻势，中条山沦陷。

日军占领运城后，中共太岳区党委积极开创中条山抗日根据地，在垣曲、闻喜、平陆、夏县建立抗日民主政府，发动全民抗战，壮大抗日武装，用游击战术消灭日军，并组织群众支援守军作战。朝鲜义勇军在战争中救治伤员，协同抗日。美、英、苏先后对日宣战，中条山日军部分撤离。1945年初，太岳军区第五军分区主力部队五十四团、五十五团、五十六团、五十八团向日伪军发动强大攻势，组织条西战役等，给日伪军以沉重打击，8月，日本无条件投降，中条山光复。

中条山横亘黄河北岸，抗日战争时期是阻挡日军南下和西进的屏障。血战中条阻击了日军西进的脚步，在那场战役中数以万计的陕西、山西、河南子弟献出宝贵的生命。中条山、黄河这两个中国地理上重要的标志地域目睹了中华儿女保家卫国的惨烈和英勇。以中条山抗战纪念碑为证！

平遥古城：民居聚落

地处汾河中游东岸、太原盆地西南端的平遥古城是一座历史文化名城，古时，这里是古陶地，帝尧的封地。西周宣王时期（前827年至前782年），大将尹吉甫北伐猃狁，驻兵于此，修筑城墙。秦始皇统一中国后实行郡县制，置平陶县。北魏时期，因避太武帝拓跋焘名讳，平陶县名被改为平遥。明初洪武三年（1370年），旧墙垣被重修扩建，此后经过10余次补修和修葺，更新城楼，在清代前形成今天城池的规模。清代，又经过多次重修、维修，在城墙每60米到100米处，有一个向外突出的附着墩台，因体形修长，如同马的脸部而被称为“马面”，马面上筑方形楼橹，为“敌楼”，共有72座，城墙上有3000个垛口，它们象征着孔子周游列国时的3000弟子和72贤人。平遥古城内的民居，绝大多数都是青砖灰瓦的四合院，特别是砖砌窑洞式民宅，更具浓郁的乡土气息。全城现有四合院民居 3797 处，其中保存非常完好的明清院宅、店铺达 400 余处。院落间以矮墙和垂花门分隔，多建风水墙、风水楼、风水影壁、门神龛、土地龛等。许多门窗做成木棂花格，窗户上贴剪纸窗花。

走进这座古城时，浓郁的历史气息扑面而来。那一座座青砖瓦房、大宅院、商铺是晋中老百姓的生存之地，在初春的汾河上桃红柳绿之际，我们站在城墙上仿佛看到城外的商人云集于此，夜色降临了，古城的街巷投下神秘的光影，那晋商匆匆走进商铺，消失在朦胧的夜色中。平遥是一座因军事而修筑的城堡，后来完全成为一座商业都城。来来往往的商人活动于此，平遥古城内的街道设置、店铺修筑，都是从商业贸易的角度予以考虑的。这座古城从它诞生之日起，就已经见证平遥商业贸易的兴盛。早在明代中期，晋商的足迹就遍布全国，到嘉庆末年，他们已遍布全国通都大邑、水陆码头，总号与各分庄及各客户之间，大宗项的批发、运销、中转等业务兴旺发达。平遥城就成为当时晋中最大的商品集散地，民间有“填不满、拉不完的平遥城”之说。清道光三年（1823 年），平遥城“西裕成”颜料庄的总号大掌柜雷履泰向财东李大全建议，将颜料庄改为专营银两汇兑和存放款业务的票号。李大全投资 30 万两银，成立“日升昌”票号，雷履泰出任总经理。这是中国票号第一家，首开票号汇兑之先河。随着“日升昌”票号业的兴起，平遥先后成立的票号多达 22 家，在全国 70 多个城镇码头设立分号 400 余个，承揽了全国各地上至官银、税赋、军饷，下至商号、店铺的资金及个人私银的汇兑、存放业务。一时间，“进了平遥城，银子元宝绊倒人”的说法在民间广为流传。平遥成为晚清中国最大的票号中心城市。“日升昌”票号历经 100 多年，曾经“执中国金融之牛耳”，业务远至欧美、东南亚许多国家，以“汇通天下”而著名，被称作中国现代银行业的“乡下祖父”。中国第一家票号“日升昌”就位于平遥西大街的南侧，临街五铺位的灰瓦平房，一字排开五座黑漆大门，由于年代久远，其颜色已显得斑驳陈旧。中门的上方有一牌匾，蓝底黄字，上书“日升昌记”四个大字，大概是取旭日东升、繁荣昌盛之意。“日升昌”票号坚持“诚信为本，灵活经营”的原则，业务日益兴盛，年汇兑金额 100—3800 万两，存款30—2000 万两，平遥崛起“蔚”字五连号、百川通等 22 家票号，独领金融风骚，成为清时全国金融中心。随着西方资本金融行业的兴起，“日升昌”票号由盛转衰，历时 108 年，民国二十一年（1932 年），改营银号。百年风雨凝聚着晋商之精，创中华金融之始，为世界金融史增添精彩篇章。

在山西有一民谣：“先有平遥商，后有碛口镇。”在平遥崛起的晋商带动了地处晋西吕梁的碛口镇的发展。碛口镇东连太原、北京、天津，西接陕甘宁和内蒙古，为东西经济文化交汇的重要枢纽，长期以来占据北方商业重镇的龙头位置。据民国《临县志》记载：“碛口古代无镇，清乾隆年间，河水泛溢，冲没县川南侯台镇及黄河东岸之曲峪镇，两镇商民大都移居碛口。”碛口中“碛”的意思是“由砂石堆积而成滩”，碛口就是由湫水河里的泥沙石块在这里堆积成滩，南来北往的人们经此过河贸易往来，久而久之成镇。商贾往来致使镇上商铺多达 300 多家，车水马龙，热闹非凡。清道光二十七年（1847 年），碛口有坐商 60 余家，客商居多，其中平遥 19 家，汾阳 3 家，柳林 8 家，孝义 3 家，双池 2 家，大麦郊 1 家，吴堡 1 家。仅晋中平遥商就多达 19 家，约占坐商的三分之一。晋商的足迹也深深地留在了这片热土之上。没有晋中商人的开拓，碛口商业就无法达到繁盛的状况，更难以成为物阜民熙的小都会，晋商称雄商界 500 年，对中国经济产生了深远的影响。明代晋商主要在晋南，以盐业为主。“天下黄河十八湾，宁夏起身到潼关，沿河风景说不完，还数碛口卧虎山。”来到碛口镇可见险峻幽深的黄河大峡谷，黄河崖壁水蚀浮雕、世界罕见的高原土柱林，曲径深邃的卧龙山以及卧龙山上的黑龙庙。依庙廊俯视，可见万里黄河波涛滚滚，湫水河潺潺流来，山、水、镇、庙在黄河河谷相映成趣。

沿黄军堡万家寨

在山西西北部，长城沿着黄河蜿蜒而行，城上一座座军事堡垒星罗棋布。每当夕阳西下之际，黄河呈现出金黄色的光辉，山岗上的军堡便愈发透显出古老、浑厚的气味，那曾经逝去的岁月在晚霞辉映中慢慢浮现。残阳如血，灭虏、杀胡、破胡、残胡、败胡、阻胡、威虏、平虏这些以灭胡而命名的军堡，文字中包含着中原农耕民族对北方游牧民族的仇视，以及杀之而后快的民族文化心理。我在甘肃见过长城最西端的军堡——嘉峪关，而今在晋北的黄土高原上再次看到长城军堡，心中陡然涌起无限的凄凉感。晋北沿黄军堡不仅有长城出现在人们的视野里，中华民族的另一个象征——黄河也进入人们的视野，长城与黄河相握说明什么？保卫黄河是长城的责任，而保卫长城则是保住华夏文明。当然，文明不是一座座军事堡垒可以阻隔的。和平时期，中原农耕文明与草原游牧文明以茶马互市交流融合；战争时期，杀戮、掠夺便是一个文明影响另一个文明，乃至一个文明消灭另一个文明。

沿黄军堡有故事，有太多中原王朝与少数民族王朝政治军事争夺的血腥故事；有太多太多载入史册，或流传于老百姓口头、上演于戏曲舞台，或是湮没在岁月长河的悲歌。大明王朝是一个尴尬的王朝。从明中叶以后，即1465年至1521年，因为鞑靼、瓦剌屡次犯境，不得已明王朝加强长城修筑，增设边堡、墩台。明朝沿长城边墙划分出九个边镇，分守防御。初设辽东、宣府、大同、延绥四镇，继而设宁夏、甘肃、蓟州三镇，朝廷以山西镇巡统驭偏头，三边制府驻守固原，亦称二镇，中国历史上第一次出现了“九边”概念。而镇守“九边”会有多少戍边军卒无人所知的故事？会有多少王朝凯旋与残败的往事？大明王朝最惨烈的土木堡之变便是最有悲剧意味的。明英宗御驾亲征，结果全军覆没，皇帝被俘，大汉民族丢尽面子，可边境依然战火不止。

偏头关呢？万里长城第一县的偏头县，正位于黄河东岸内长城西端、外长城南侧，北与内蒙古自治区河套平原隔河相望，偏头关便设在这里。偏头关地形东仰西伏，宛如人之偏头，秦、明长城曲折交汇蜿蜒500千米，关城周长约2.5千米，垛口380处，东、西、南三门各建城楼，城三角复筑大墩三座。“半壁孤城水一湾，万家烟火壮雄关；黄河曲曲涛南下，紫塞隆隆障北环。”明代诗人诗中提到的“万家烟火”即是偏头关第一家族万氏家族。这是一个有故事的家族，像宋代麟州的杨家将、府谷的佘家军、明代的戚家军，万氏家族是明代赫赫有名的镇边家族。从万杰随元将脱列伯在大同归顺明朝起，到万世德这一辈已经有 200 年镇守边关的历史。万历年间，万世德在青海任职。朝鲜战局失利后，他被皇帝任命为总指挥，总理朝鲜军务，回国后任蓟辽总督，长子万化孚统领家门口的沿黄诸堡。然而，至清顺治六年（1649 年），万世德长孙万炼起兵反清，城破之际，万家男女老少齐聚城楼上，一把熊熊烈火把一个拥有 200 年历史的家族消灭。

2017 年秋天，我来到这里寻到一个名叫万家寨堡的军堡。军堡上有个老牛湾村，村上筑有老牛湾堡。古堡东临滑石堡，西濒黄河陡岸，三面环水，这里是黄河入晋第一村。有意思的是，偏头县万家寨堡有老牛湾村，2005 年对面呼和浩特市清水河县的一个村庄也改名叫老牛湾村了。老牛湾处于山陕大峡谷的核心地带，河谷两岸壁立万仞，河道中碧波万顷，河岸之上长城耸立，山西老牛湾村中古迹遍布。黄河的这一道大湾景色如此秀丽，那么一河两岸的两个小村庄都叫“老牛湾村”也在情理之中，大家都来沾沾黄河的光嘛，这也叫资源共享吧，共享时代，连名字都是资源宝藏。如果看景观从内蒙古呼和浩特市清水河看老牛湾角度最好，而山西的老牛湾村简直就是一个天然石头民俗博物馆。生活在老牛湾村的村民们绝大多数是当年戍边将士的后人，清雍正三年（1725 年），雍正帝一声令下，长城军事卫所堡垒就地转化为县乡村镇。如今的老牛湾村民依然过着面朝黄土背朝天、靠天吃饭的生活，依然保留着质朴的民风和民情。20 世纪 90 年代在县城西北 15 千米处黄河干流上兴建了万家寨水利枢纽和万家寨引黄入晋工程。这是黄河干流上的大型水库，以供水、发电为主，兼防洪、防凌，也使降雨量较少的长城沿黄军堡所处的村庄水资源短缺有所改善。

在没有战争的状态下，古时沿黄军堡两翼农耕与游牧两种生产、生活状态并存。胡焕庸以400毫米降水量为划分中国人口密集与不密集的尺度，自然这也是划分农耕与游牧两种生产方式的分界线。长城以南降水量大于400毫米，植被丰茂，以耕作为主要生产方式；长城以北降水量低于400毫米，游牧民族逐水草而居。农耕文明任天而动，以定居、村庄、宗族制为特征，游牧文明更保护生态环境，两种生产方式各有所长，也各有所短，因此常常互补。牧区需要农区的茶叶、丝绸、布匹、盐巴和生活用品，而农区需要牧区的马匹、皮毛，茶马互市解决了这个问题。长城沿线是军事防御线，也是农耕与游牧文明交错地带，老百姓亦耕亦牧。秋日里，庄稼地里农民正在收割玉米，而不远处山丘起伏，草场遍布，星星点点的长城墩台矗立在山上。不知改了多少朝换了多少代，老百姓的幸福和美满正在田野里的收获中。

SHANBEI GUSHI

陕北故事

一部黄河史就是一部中国革命史，一部黄河史就是一部环境保护史。

如果说陕西地图像是一个坐着的狼图形，那么榆林神木就在狼耳朵上。2017 年 1 月 19 日出发，坐了一夜火车，第二天清晨火车快要驶进神木站了，此际，从车窗内看神木郊外，阳光带着晨曦的影子，群山万壑中一道金光冉冉升起，积雪、枯树构成一幅奇异图景，北中国特有的奇寒冰冷更添景致了。渐渐见到高楼了，黑烟在天空漂浮，神木县城（现神木市）到了。省作协朋友前来接站，在这样的大冷天，有朋友来接站真是件令人感动和高兴的事情！

陕北故事

走西口的陕北人

黄河湾里的府谷县城是黄河入陕流经的第一座县城。

在红柳林煤矿工作的田伟是个 80 后小伙子，老家在府谷，前年刚完成一部小说，2017 年又出了新小说，属于出手较快的青年作家。今天，我们准备去他老家看看。从我住的张家峁煤矿招待所开车到红柳林煤矿，沿途都是拉煤大卡车，其中山西车居多，车队排出的一字长蛇阵几乎将整个公路占满，红柳林煤矿的生意不错啊！朋友高亚东说：“陕煤化公司红柳林的生意最好。”

接到田伟，我们沿黄河逆流而上，到府谷去。2007 年我曾经在府谷住过一个晚上，曾经坐着“蹦的”从府谷到了对面的山西保德。这两个分属于不同省份的县城由一条黄河大桥连接着。如今一晃十年，我又要拜访府谷了。从神木到府谷道途上多有落石，有的几乎要将道路阻断，有的地方桥梁已经塌陷了，只好绕道曲折而行。高亚东常年住陕北，说这是七八月间下暴雨从山上滚落下来的山石。黄土高原在山陕峡谷间水土流失问题严重，从这段山路上就可见一斑。黄河岸边山石滚落是雨季常有的现象，有时甚至还会有泥石流。陕北的七八月天，是令人担忧的，所幸我们是冬季来到山陕峡谷中，可峡谷中的乱石还是让我感受到了七八月汛期才有的黄河景观。我们在河岸上行车，黄河相伴于左，高山相依在右，河对面是山西，时不时有村庄出现在视野里。陕北冬季山上大多数地方光秃秃的，可是西津寺却松林茂密，翠色绵绵。据说从前有位道士，云游四方之前，将一只聚宝盆埋在西津寺旁边的山坡上，为了标识，在聚宝盆上面栽种了一棵柏树，一年后回来发现满山都是柏树。陕北黄陵柏树是一大奇观，西津寺柏同样透着传奇色彩。地上尚有积雪，午后阳光很充足，西津寺枕着黄河，殿宇巍峨，可不知为什么寺内连一个僧人都没有。

继续前行，到马镇时，停车用餐。马镇前后就三家饭店，标准的黄河人家，都是前面开店，后面自家居住。所卖的饭是清一色的各类羊肉饭食，清炖羊肉、羊杂碎、羊肉面。我们选择了其中一家吃羊杂碎面。等饭时，桌上放了一碟花生瓜子，我们饿极了，很快将碟子腾空。向主人再索要时，得到的回答却是再没有了。高亚东说陕北人说没有了，就真的没有了。显然，陕北人的诚实是不说自明的。羊杂碎面端上来了，铝盆盛着，我们几乎每人吃了三大碗，外加一碟佐餐的泡菜。看来，山里人吃羊肉，也有就泡菜的饮食习惯。在马镇吃的羊杂碎面是我记忆中最好吃的陕北羊肉面，也许那天真的太饿了，或许陕北的羊肉真的不同于关中羊肉，有陕北黄河人家味道。饭后，我特意到这家后院看了看，后院紧挨土崖，栽满枣树，院里圈围了一群鸡，个个毛色发亮，只只争先恐后地在地上啄食，这是一个还算殷实的黄河人家。

过了马镇，府谷就近了。府谷是戏曲里佘赛花的娘家，也就是宋史中的府谷折氏。北宋时期，折家军前赴后继几代人抗击辽朝的悲壮不亚于杨家将。不过，这次我们来府谷与折家没有关系。我要拜访的是田伟的家。下午五六点，到了田伟家。这是府谷县城一座两层简易楼房，顺着铁皮楼梯上去，田伟母亲热情地站在门口迎着我们。田伟家的简易楼房类似于城里人居住的单元房，但又不是单元房，门口是厨房，右手边是主卧，里面有张大炕，炕下是火炉子。走到哪里，陕北人取暖都是不含糊的，因为煤炭多。四方桌上放着瓜子、花生、橘子、柿饼，田伟父亲拿来家里所有的好吃的，热情地让着我们。田伟母亲到厨房里为我们准备晚饭去了。刚才在路上，田伟说母亲做的碗托最好吃。

田伟父亲名叫田清拽，身体精瘦，人很健谈，一看就知道有很深的生活阅历。他给我们讲他 16 岁到内蒙古谋生的经历。哇，从府谷到内蒙古，这不就是人们常说的走西口吗？无意间，我撞开了一扇陕北黄河人家最具有传奇色彩的大门。田清拽说：“我永远不会忘记那年七月，那是对我人生影响深刻的一段时光。那时因为家里赤贫，无法生活，便偷偷从家里跑了出来，光脚渡过窟野河，到了内蒙古，在那里给人割草，一斤草才三分钱，就这样干了两年。后来实在想家，就从内蒙古跑回来了。回来时要从山西太原渡黄河，就在山西小煤窑给人家拉煤，那时的小煤窑拉煤很辛苦，也很危险，有一次，拉煤时被煤块崩了头，当场就昏迷过去了。”他说到这里，让我们看他额上一道长长的疤痕，那是苦难的见证，也是人生的光荣。他就这样冒着生命危险干了几年，最后还是离开了煤矿。田清拽讲的走西口故事恐怕是他们这一辈陕北人生命中的重要故事，那个年代土地贫瘠，遇上干旱，老百姓颗粒无收。为了生计，陕北人不是走到口外去，就是到小煤窑上卖命。

历史上的走西口，也叫走口外，指的是明代中期至民国初期长城以南的晋西北、雁北、晋中及陕北等地的老百姓到长城以北的内蒙古地区谋生的社会活动。这是中国近代史上五次人口迁徙事件之一。无数山西人、陕西人、河北人打通了中原腹地与内蒙古草原的经济和文化通道，带动了北部地区的繁荣和发展。西口指的是山西杀虎口，陕西府谷口，河北独石口，即晋北人、陕北人以及河北人走西口的交汇点。后来西口泛指在长城以北从事农业、商品交易的地方，包括陕北的神木口，河北北部的张家口以及归化城（今呼和浩特市），那时口外地广人稀，内地汉民便不辞辛苦到内蒙古去寻求谋生的新方式，走西口最终的归宿大多是今天的内蒙古呼和浩特市，明清叫归化城，这里是著名的土默特平原，也就是南北朝时《敕勒歌》里唱的敕勒川所在之地。

田清拽走西口是在20世纪70年代末，那时府谷农村的生活十分困难，国家对户口政策刚刚放开，16岁的田清拽悄然离开家，一个人沿着窟野河走到了内蒙古，他记得一位老人给他的一罐子热饭使他在人生饥寒交迫时刻倍觉温暖。之后他在内蒙古草原上给人打草，后来又离开内蒙古到山西下了小煤窑，在小煤窑里九死一生。

穷则思变，田清拽是个倔强的人，不服输的陕北汉子，更是个脑子灵光的人，他决定到关中去寻找新的谋生方式。神木、府谷境内不产棉花，因此这片地域绝无纺织之事，于是他瞄上了做被褥的生意，他先到关中咸阳乾县去学习弹棉花技术，然后买回来弹棉机在府谷家里搞被褥加工手工作坊，为了保证生产正常进行，他特意从乾县聘请了四位关中农民到自己家里指导生产，而他自己则在府谷县城里做销售。几经磨难，终于打开了局面。田清拽凭借被褥生意在府谷站住了脚，后来生意越做越好，也就不自己生产了，而是专门为山西一家纺织厂做代理商。田清拽的生意越做越顺，越做越旺，他凭此供养儿女们上学，过上了好生活。2005年他将家从府谷农村搬到府谷县城，凭借自己的能力，盖了这座两层楼房，现在这座两层简易楼，一层是他的库房，里面堆满了棉被、棉褥；二层是他和老伴的居室，生活越过越红火。大儿子在府谷县开出租车，生意不错；二儿子田伟考上了大学，毕业后，去了红柳林煤矿，现已娶妻生子，生活幸福美满。田清拽现在是越来越风光了。

陕北的农民结束了祖辈走西口的游走生活，结束了下煤窑出苦力的日子，从农民转变为县城居民，所需的粮食全靠自己经商获得。这是一个巨大的生活转变，或许也可以说是无数黄河岸边农民的转型。说话时，田清拽往炉子里又添了一块煤，陕北的煤质好，燃烧的炉火将小屋烘烤得暖烘烘的，坐在上面的烧水铝壶发出滋滋的响声。没多长时间，田伟妈妈就把做好的陕北吃食碗托、洋芋擦擦端上来了，这些陕北日常饭食里包裹着好客的田伟一家对我们的热情，蕴藏着对美好生活的期待。

他们已经走出了农村，在小县城创造了崭新的家庭生活，走西口的田清拽已经成为府谷县城一位名副其实的商人。这是无数陕北黄河人的新身份，但是对土地的热爱，使他们在住房前开辟了一大片土地，种了南瓜，田伟父母抱来了许多大大小小他们种的南瓜，一定要我们带上。我选了一只小南瓜带在身边。星空浩瀚，我们离开田家，向神木驶去，黄河边上听得到河水奔流，无论府谷，还是神木，人们都过上了蒸蒸日上的新生活。

贺家川红色革命根据地

黄河在陕北有一条重要的支流叫窟野河。它发源于内蒙古自治区鄂尔多斯市东胜区的巴定沟，经伊金霍洛和陕西省府谷县境，于神木的沙峁头村注入黄河。窟野河是一条含沙量较大的河流，每年到了雨季，黄土高原上的泥土被大雨冲刷而下，滚滚泥浆便注入窟野河之中，河水宛如一条巨大的泥龙在河床里奔腾咆哮，上面浮着泥块、石渣、树梢，当然最多的还是煤炭。每到这时，下游两岸的农民就取出早已准备好了的“捞子”捞炭，不一会儿，两岸便会堆满一座座小炭山。原来窟野河河底沉睡着一片煤海，地质勘探部门查明，内蒙古南部与陕西北部接壤地带，煤炭资源异常丰富，神府东胜煤田分布面积达 26565 平方千米，储量 1922 亿吨，占全国已探明煤炭储量的四分之一。拥有这样一条流淌乌金墨玉的河流，以及周边拥有丰富的煤炭储量的神木，便一夜之间可以给人们带来意想不到的巨大财富。可以说，窟野河就是神木人的母亲河。

从神木出发，经过沙峁、贺家川镇，到达天台山。天台山雄踞两河之滨，东挽黄河，西望窟野河，与南边崇峰并峙同列，塞扼晋阳，右持

天台山

塞北，关塞险固，历来为兵家纷争之地。据清道光年间《神木县志》记载："前有天然狮子石，甘霖地，复有仙桥，绝似天台，故名。"天台诸峰建于北魏，天台诸殿成于朱明。此山北连数百里群山，南延五里是窟野河与黄河交汇之处。山顶有天台山道观，观里只有一位姓何的道长常年主持。天台山除儒道释三家文化并重，这里还是刘志丹东渡黄河作战指挥部所在。我们去时看到真武大帝殿门外悬挂着一方匾牌：

> 刘志丹渡河作战指挥部旧址，1936 年 3 月 24 日至 4 月 1 日。抗战爆发后，中共中央发布东征抗日宣言，刘志丹奉命率领红二十八军先行，挥师北上佳米神府，横扫沿路守敌。

距离天台山 5 千米的贺家川就是神府革命根据地红色政权的中

心。刘志丹领导和创立的西北革命根据地是土地革命后期全国唯一一个保存完整的红色革命根据地，是各路红军长征后的落脚点和中国共产党开展抗日战争的出发点。因此，毛泽东主席盛赞刘志丹为“群众领袖，民族英雄”，朱德也亲自为刘志丹题词“红军模范”。现在天台山南面崇峰上建有“刘志丹东渡纪念碑”，纪念碑为贺家川政府于2005年立。

毋庸置疑，陕北贺家川是真正的红色革命根据地。1935年9月，毛泽东在哈达铺从国民党的报纸上得知，陕北有刘志丹的红色革命根据地，自此中国革命有了新的希望和转折点。红军重获生机，关键是从四川到了陕北，又从陕北进入了山西。从陕北进入山西有6个黄河渡口：府谷渡口、佳县渡口、吴堡渡口、清涧渡口、韩城渡口、大荔蒲津关渡口。如果红军没有转战陕北，东渡黄河，开辟山西抗日革命根据地，便不会有今天的革命胜利，没有新中国。为此，天台山及其周边的贺家川是令我敬仰的神圣之地，黄河流域不仅是中国追求现代化的重要场域，而且在中国革命话语叙述中扮演极其重要的角色。陕北人民为中国革命胜利做出了巨大的牺牲和贡献。

天台山上，极目秦晋，黄河逶迤，窟野雷奔。两岸河滩地里全是光秃秃的枣树，春来该是绿荫成片，秋季挂满红枣，陕北的红枣好，养育了中国革命，滋养了中国共产党人。现在的陕北人会将红枣加工成不同的种类，酒枣、烤枣、熏枣、核桃枣、枣干，是馈赠好友的最佳礼品。河边的滩地上有一大片村落，那就是贺家川。在高空俯视下的贺家川是一群白色房子，修建齐整，一色窑洞式建筑，在苍茫的黄土高原上甚是醒目。一个现代化的贺家川在崛起。不知怎么我就想起那首著名的陕北民歌——《梦中的兰花花》：

窟野河入黄处

黄土坡上的情哟

沟里头的那个爱哟

是谁唱着动人的歌

唱着我兰花花

……

陕北红歌充满革命豪情和对爱情的忠贞不渝。陕西的一位女作家曾经给我讲过一个陕北女子的红色爱情故事。那是哥哥闹革命，妹妹紧紧跟上的恋爱模式，无数陕北女人为中国革命付出终身等待的代价。

从天台山回来，高亚东特意安排我参加了神木文联举办的关于神木历史文化的研讨会。这天是农历腊月二十三，家家户户过小年，有幸与神木文化界的朋友聚集在一起，我觉得很温暖。在这里我见到了撰写天台山刘志丹东渡纪念碑文的原县志办主任焦拖义，温家川人温亚洲，作家苗雨田、单振国，剪纸协会的高艳。会后，大家一起聚餐，陕北人的热情好客都在餐桌上体现出来了。剪纸协会的高艳女士送给我一张老虎剪纸，憨厚拙朴可爱的老虎富有民间艺术的抽象夸张特色，而甘泉米酒让我沉浸在陕北丰厚的酒文化中。晚间，高亚东又安排我们在神木大剧院看陕北民歌大赛颁奖暨迎春晚会。神木的富裕仅从新修的大剧院就可见一斑，剧院装修得富丽堂皇，在夜色里泛着紫色光芒，近处的树上挂满彩灯，年气越来越浓。剧院里暖气很足，一点不觉得寒冷。晚会是陕北民歌专场，从陕北歌王王向荣领唱《黄河船夫曲》到最后全体演员演唱《山丹丹开花红艳艳》，红歌如潮，陕北人红红火火的日子全在这热烈豪放的歌声中。当年的红色革命根据地现已变成国家纳税大县，2017 年 7 月神木撤县改市，跨进新的历史发展阶段。

附：《山丹丹花开红艳艳》歌曲

一道道的（那个）山来（哟）

一道道水

咱们中央噢红军到陕北

一杆杆的那个红旗哟

一杆杆枪

……

叁 东征，东渡

从内蒙古托克托县的河口村至陕西龙门，黄河在两岸高山中奔流。西边是沟壑纵横的陕北黄土高原，东边是巍峨高耸的山西吕梁山，河流呈现出九曲十八弯的壮丽景观，这一段便是山陕大峡谷。黄河横贯黄土高原，几乎每个渡口都是古渡，每个渡口上都流传着可歌可泣的故事，我要讲述的是发生在1930年至1940年，那些山陕峡谷渡口上的东征、东渡的故事。

清涧河口

1936年早春，陕北黄土高原上还是一片枯寒冷寂，黄河上的冰凌开始解冻，似乎可以听到啪啪的冰裂声和滔滔的流水声。100余人组成的队伍在黄河西岸的黄土高原上疾走，这行人穿着青灰色棉军装，牵着军马，在山沟高原间，经过几天跋涉，终于到达距离黄河西岸15千米的清涧县袁家沟村。这支队伍就是由毛泽东、彭德怀率领的红军总部机关。

到袁家沟村不久，一天晚上陕北高原降下一场大雪，漫天飞舞的雪花将黄褐色的大地装扮成银装素裹的世界。2月7日，几个人踏着积雪来到距离袁家沟10千米的高家塬查看黄河渡口地形，其中一位身材高大伟岸，他登上高高的高家塬坡，向远处望去——只见眼前的高原像头奔驰的蜡象，山如舞动的银蛇，不禁诗情澎湃。夜里，他俯在农民白育才家的炕桌上写下一首词：

北国风光，千里冰封，万里雪飘。望长城内外，惟余莽莽；大河上下，顿失滔滔。山舞银蛇，原驰蜡象，欲与天公试比高。须晴日，看红装素裹，分外妖娆。

江山如此多娇，引无数英雄竞折腰。惜秦皇汉武，略输文采；唐宗宋祖，稍逊风骚。一代天骄，成吉思汗，只识弯弓射大雕。俱往矣，数风流人物，还看今朝。

这首词便是著名的《沁园春·雪》，作者毛泽东。今天当我们感受这首词作的洒脱豪迈之际，回想1936年的早春季节，诗人面对陕北黄土高原的苍茫辽阔，倾听长城内外抗日的怒吼，那是怎样的情景？那时红军刚刚经历艰苦卓绝的二万五千里长征，正在为巩固陕北革命根据地，开辟华北新革命根据地，奔赴抗日主战场提出新的革命战略做新打算。1935年2月17日中国共产党发表东征宣言，12月在瓦窑堡召开会议，之后以红一方面军为基础组建中国人民红军抗日先锋军，下辖红一军团、红十五军团、红二十八军和黄河游击师（后扩编为红三十军），到1936年早春，各路大军厉兵秣马集结在黄河沿岸枕戈待旦。

清涧的地形梁峁起伏、丘陵纵横，从北向南拥有百余里曲折的黄河西岸线和十几处渡口，清涧河口渡口可布伏兵，强渡黄河时又可出奇制胜，有很大回旋余地。更重要的是，清涧的革命条件和群众基础都很好。土地革命时期建立了中共支部，1927 年清涧起义打响了武装反抗国民党的西北第一枪，1934 年进行了土地革命。因此，红军东征的大本营就安扎在清涧。毛泽东住在白育才家一个坐东向西，有 5 孔窑洞的院子，不觉在这里宿营已半月。

1936 年 2 月 20 日夜晚，东征战役打响了。南起清涧的河口北至绥德的沟口，百余里黄河线上，枪声打破晋陕黄河两岸夜空的宁静。红十五军团在清涧河口向着对岸山西石楼贺家洼强渡黄河；红一军团在绥德沟口渡河直扑黄河东岸的中阳县坪上村（今属柳林），河面上静得出奇，只听见黄河的波涛声和时时传来的冰块撞击小船的声音。“密云遮星光，万山乱纵横，黄河上渡过民族英雄们。摩拳擦掌志气高，我们的铁红军。”80 多年过去了，这首《红军东征歌》仍在黄河上传唱，吕梁巍巍、大河滔滔，我们应永远铭记那东征战役中的英雄志士。

天台山渡

1936 年 3 月 24 日至 4 月 1 日，刘志丹奉命率领红二十八军挥师北上佳县、米脂、神府，横扫沿路守敌，顺势收复陕北苏区的被占地区，建立神木、府谷革命根据地，仅神府苏区就将东征前的六七个区扩展到 28 个区，和吴堡苏区连成一片，革命形势一片大好。

八十多年后，2017 年元月，在家家户户准备过春节之际，我登上榆林天台山，寻访当年刘志丹东征足迹。

历史将永不忘记 1936 年 3 月 31 日晚，刘志丹指挥五只木船乘夜准备突破晋军防线的画面：

第一只船由高家圪塄、彩林村人组成，艄公高如满，搬船的有高步喜、高步德、贺有全、贺景龙、贺高年、王建堂等。第二只船由王家沟村人组成，艄公刘彦清，搬船的有望云、生云、王凤山等。第三只船由刘家湾村人组成，艄公刘九高，搬船的有刘九屯等。第四只船由沙峁头和山坡村人组成，艄公有许茂琪、许茂英、王楞蛋。第五只船由张家川村人组成。

这一夜红军东渡黄河，从天台山渡口驶向对岸的山西，刘志丹亮剑河东，带领将士先占罗峪口，再攻黑峪口，然后转战兴县、柳林、中阳等地，势如破竹，捷报频传。不幸的是，在攻打三交镇的战役中刘志丹饮弹牺牲，时年33岁。这是一位年轻而英俊的红军将领啊，我在刘志丹东渡纪念馆里看到照片上的刘志丹笑容可掬，不觉吟出周恩来总理挽刘志丹的诗："上下五千年，英雄万万千，人民的英雄，要数刘志丹。"还看见照片上的艄公贺家全，身穿一领翻毛羊皮袄，头戴瓜皮帽，腮下一缕山羊胡子，一副典型的陕北搬船老汉模样。不知怎地，脑子里闪出了那首著名的陕北民歌《天下黄河九十九道弯》。

你知道（那）天下黄河有几十几道弯
几十几道弯上有几十几只船
几十几只船上有几十几根杆
几十几个艄公来把船来搬
我知道（那）天下黄河有九十九道弯

九十九道弯上有九十九只船

九十九只船上有九十九根杆

九十九个艄公来把船来搬

把船来搬

“一杆杆红旗空中飘，跟上共产党把革命闹。”革命成为那个时代中国人民的坚定信念。在人民的支持下，在党的领导下，中央红军从1936年2月20日渡河东征，到5月5日回师河西，历时75天，转战山西50余县，大小战斗100余次，取得打垮国民党军5个师，消灭国民党军7个团，扩红8000人，筹款50万元等一系列辉煌战果。

从天台山渡口回来，走在神木的大街上，我被挂满彩灯的年气所吸引。神木剧院里红歌如潮，陕北人红红火火的日子全在这热烈豪放的歌声中，我们可以以此来告慰那些为国家、为民族而牺牲的先烈英灵！

壶口圪针滩渡

在黄河上行走的几年时光里，我非常渴望在壶口的惊涛骇浪中感受“黄河之水天上来”的情境。2018年春天，我到壶口、黄陵一带考察，这个愿望终于实现了。还没有到壶口就听到车窗外的风声呼啸，朋友们都笑：“你真会选日子，今天壶口的风可真大。”是啊，“风在吼，马在叫”，黄河从西奔流而来，从250米到300米宽的水面骤然收缩到30米到50米宽，并从17米高处奔腾而下，千万朵浪花、数不清的水珠散在空气里化为水雾，飘落在人的脸上、身上，东岸的山西吉县和西岸的陕西宜川岸边都站满了人，人们争先恐后地在瀑布前拍照。砂页岩粗粝的牙齿撕咬着瀑布，水花在空中翻腾激起千层雪，瞬间化作一道彩虹，迷失在水雾中，远处一头装扮艳丽的驴子凑热闹叫了几声。壶口瀑布之壮美，美在奇绝的惊心动魄，美在水流争先恐后地奔腾着。这是中华民族前赴后继的奋斗精神吗？这是母亲河昂扬振奋的民族魂吗？在这一刻，我才明白唯有在这个地方才能诞生伟大而雄壮的《黄河大合唱》。

1938 年 10 月底的一天，青年诗人光未然（张光年）率领抗敌演剧队第三队从陕西宜川壶口下游的圪针滩渡口东渡黄河，转入吕梁山抗日根据地。那时沿着壶口瀑布向北上溯是龙王辿，这里曾是山陕商人行旱船的地方；沿着壶口向南顺流而下是圪针滩渡口，古时称采桑津，是连接秦晋的交通要道和战略要地。明清时期，圪针滩古渡口极为繁荣兴盛，店铺林立，艄公聚居，商贾云集，与东、西龙王辿同是壶口河船商贸集散地。抗战期间很多爱国文人志士就是通过这个渡口来到革命圣地延安。抗敌演剧队第三队的队员们在圪针滩渡口坐上船，船夫们抄桨的抄桨，掌舵的掌舵，白胡子老头是令人肃然起敬的总舵手。在黄河的怒涛漩涡中，在黄河船夫们高亢悠扬、深沉有力的船工号子声中，光未然与第三队的队员们渡过黄河。这位来自汉水流域，曾经写下“五月的鲜花开遍原野，鲜花掩盖着志士的鲜血”的诗人只感到一股澎湃的激情，如炽灼的岩浆在胸中奔腾激荡……1939 年他在吕梁山骑马摔伤，前往延安治病养伤，从山西再次渡过黄河。两次渡黄河的经历使光未然产生了强烈的创作欲望，到延安后他不顾摔伤，创作了长达 400 多行的长诗《黄河吟》。

这首诗被音乐家冼星海看到，冼星海这时已经到达延安一段时间了，此时已是鲁艺的一名音乐教师，当他听了《黄河吟》之后，异常激动，用了 6 天时间为这首长诗谱曲。1939 年 3 月 31 日，在延安的土窑里，在微弱小火苗摇曳的菜油灯下，冼星海完成了 8 首合唱、齐唱、独唱、对唱、轮唱作品的谱曲，这是一次诗和乐的完美结合，一部不朽的经典之作《黄河大合唱》诞生了。1939 年 5 月 11 日，在延安庆祝鲁艺成立周年晚会上，《黄河大合唱》正式公演并获得圆满成功。

《黄河大合唱》雄壮昂扬，激励着人们勇往直前。乐曲中的黄河既怀抱历史，又指向未来，虽居于一隅却心怀天下，这正是中国共产党赋予黄河的新的民族精魂。对此，我们不禁要问："朋友，你到过黄河吗？你渡过黄河吗？你还记得河上的船夫，拼着性命和惊涛骇浪搏战的情景吗？如果你忘掉的话，那么你听一听《黄河大合唱》吧。"

韩城芝川渡

壶口以下 50 多千米便是陕西韩城的龙门，山陕峡谷最南端，亦称为禹门口，地势非常险要，传说大禹在这里导河，鲤鱼在此跃龙门。"黄河三尺鲤，本在孟津居，点额不成龙，归来伴凡鱼。"李白的诗让人不免浮想联翩，没有看到鲤鱼跃龙门，黄河鲤却肥嫩鲜美，令人回味无穷。然后奔芝川镇，爬上司马坡，伟大的史学家、文学家司马迁归葬于此。司马迁祠东南方的芝川古渡口，自古以来是兵家必争之地，与山西万荣县隔河相望，春秋战国时此地属梁国，秦灭梁国后改称少梁，故芝川渡亦称为少梁渡或夏阳渡。

眼前的八路军东渡黄河出师抗日纪念碑由三片巨大、雄浑的竖向碑体和八个船形基座组成，寓意当年东渡黄河的八路军三大主力师，碑体下为曲面党旗，将三个主碑连接在一起，上面由镰刀和锤头组成的党徽熠熠生辉，其下安放着一顶红军军帽，寓意着八路军由红军改编而来。此时黄河岸边浪涛阵阵，朔风强劲，似乎又将我们带回那个大军云集河边，将士整装待发的峥嵘岁月。

1937 年七七事变，抗战的烽火在全中国燃烧，中国共产党积极促成抗日民族统一战线建立，迅速开赴抗日前线，东进杀敌。1937 年 8 月 25 日红军改编为国民革命军第八路军，下辖一一五师、一二〇师、一二九师。从 1937 年 8 月下旬到 10 月上旬，八路军总部、一一五师、一二〇师、一二九师先后从陕西关中三原、泾阳、富平等县出发，赶赴韩城县（今韩城市）芝川镇黄河渡口分批东渡黄河。秋季的关中平原上阴雨连绵，然而，1937 年 9 月 16 日，八路军总部机关渡河的日子，连日阴雨的天气转晴了，百余条大木船横在黄河西岸，数百名船夫在岸边河滩穿梭往来，附近群众扛来了木板。为了不扰群众，一二九师三八六旅晚上到达韩城县后，战士们身披麻袋露宿街道。军队军纪严明，群众送的红枣，战士们坚持付钱再吃，损坏东西照价赔偿。在八路军东渡中，中共韩城县委组织领导县抗敌后援会，配合国民党县政府征调大小木船 120 余条，船夫 1000 余名，动员韩城县各界群众踊跃支援八路军东渡黄河，芝川镇及周围村庄的群众主动给渡河大军送去数千块门板、木料，铺在黄河渡口的河滩上，让将士、军马、装备得以踏板通行。百舸争渡，千军竞发，舟船往来，人头攒动，千年古渡见证中华儿女为民族生存奋斗的繁忙身影。

在韩城八路军东渡展厅里，一个绣花荷包吸引了我。这个荷包盖上绣着“抗日救国”字样，正面绣着花鸟图案，在花朵、枝叶掩映中，一只鸟儿俏丽地站在中央，可以看出做工十分精美，但不知这只荷包出自哪位俏姑娘或俊媳妇之手？不过我知道这是她在灯下一针一针、一线一线刺绣的支前物品，而我更愿意认为，这是一个女子为自己的红军恋人或丈夫绣的定情荷包，在心上人出征之前赠送于他。情爱在革命战争年代这样令人感动。“母亲叫儿打东洋，妻子送郎上战场。”有多少这样感人的故事发生在峥嵘岁月里。

在近 40 天时间里，韩城芝川渡口共运送八路军主力 3 万余人全部安全渡过黄河。八路军东渡之后，日夜兼程奔赴山西抗日最前线。一一五师首战取得平型关大捷，依托五台山区和吕梁山区建立晋东北和晋西南的战略支点；一二九师依托太行山建立晋东南战略支点，一二〇师建立晋西北战略支点，八路军东渡黄河奔赴抗日前线，成为全民族抗战中的中流砥柱。

吴堡川口渡

江河万古不息，逝者如斯夫。站在黄河西岸，一轮夕阳斜挂在陕北黄土高原的梁峁、渡口上，一座高大的“毛主席东渡纪念碑”已经矗立起来了，这里是正在开发的吴堡红色文化基地，巨大的石雕还没有完全雕凿好，被防雨布遮盖着，但还是可以看出石雕雕刻的是一只东渡船，再现了 1948 年 3 月毛主席东渡时的情景。

真正的东渡船是 1948 年 3 月毛主席率领中央机关东渡黄河，乘坐的那艘大木船。我在西安荞麦园美术博物馆四楼平台上看见了它，那是一条七八米长的木船，船头下方写着“东渡船”的字样，这是西安荞麦园美术博物馆馆长薛莹巧从陕北老家吴堡川口村黄河岸边搬运来的。薛莹巧是从陕北吴堡革命老区走出来的红船之女，她的爷爷薛海玉是 1948 年 3 月为毛主席东渡黄河撑船的船工之一，如今在西安荞麦园美术博物馆四楼平台墙壁上，还悬挂着一张毛主席与薛海玉的合影。

吴堡川口村因毛主席东渡黄河而闻名。1948 年 3 月 23 日毛主席与中央机关从这里东渡黄河，从此结束了党中央在延安光辉战斗的 13 年岁月，川口村成为毛主席和党中央离开陕北最后停留的地方。1935 年 9 月底，中共中央在甘肃榜罗镇召开政治局会议，决定到陕北去，10 月 19 日到吴起镇，12 月在瓦窑堡召开政治局会议确立东征，1937 年 1 月 13 日中共中央进驻延安，1947 年 3 月 18 日撤离延安，走上转战陕北的征途，1948 年 3 月 23 日毛主席与党中央在吴堡川口渡口东渡黄河，党中央在陕北整整十三年。这十三年是我党独立领导中国革命和根据地建设事业的重要历史阶段，是中国共产党将马克思主义中国化、创建毛泽东思想的重要时期。我们记得延安的整风运动、精兵简政、大生产，更不能忘记的是，从 1947 年 3 月 18 日到 1948 年 3 月 23 日毛主席和中共中央机关转战陕北高原历时一年零五天，行程 1000 余千米，途经 12 个县 38 个村庄。一年零五天的运筹帷幄，1000 多千米的风雨兼程，党中央、毛主席转战在陕北高原，在全国人民心中竖起一座高大的丰碑。

1948 年 3 月 23 日下午 1 时左右，吴堡川口渡迎来了它历史上的重要时刻。据薛海玉回忆，“3 月 23 日这一天，河水竟然十分平稳，浪也小多了，河畔成了靠岸的好码头。”东渡船绕过无数顺流而下的冰块，避开漩涡，冲出急流，抵达黄河东岸山西临县碛口镇高家塔村的黄河滩头。毛主席一行人来到一个地势较高的地方，向黄河西岸眺望，主席深情地说：“陕北是个好地方。”

在转战陕北的一年多时间里，毛主席与中央机关始终面临着前有黄河拦截，后有追兵的危险境地，但是毛主席坚决不过黄河，留在陕北牵制国民党军队。而当革命形势发生转变后，为了更好领导中国革命，党中央离开陕北，转移到河北西柏坡，为夺取全国胜利、缔造一个新中国创造条件。“茫茫九派流中国，沉沉一线穿南北。烟雨莽苍苍，龟蛇锁大江。”1927 年春，毛泽东在武汉写下《菩萨蛮·黄鹤楼》，词中意境深沉苍凉，而 1948 年的春天，一个新的中国就在眼前。

多年来，吴堡人民没有忘记这一段光荣历史。1998 年，在毛主席当年东渡黄河的渡口岸边建立了“毛主席东渡纪念碑”。2005 年 7 月又建了一座“毛主席东渡纪念桥”。2018 年夏季，我专程到吴堡毛主席东渡的川口渡口。汽车在崎岖的山路上左旋右转，梁峁上长满枣树、谷子和土豆，到川口渡了，夕阳下黄河缓缓流淌。四周静悄悄的，川口村并不大，也就上百户人家，这么一个小小的村渡口曾经集结了上千人。

薛莹巧，一位陕北黄河边老船工的孙女，13 岁走出贫瘠的川口村，告别土窑洞，20 世纪 90 年代下海经商，她还有很多头衔：省政协委员、三八红旗手、全国饭店行业优秀企业家，现在的她已不是那个山坳坳里的土妞，而是一位成熟的企业家。她在西安创办了一座荞麦园美术博物馆，将曾经养育中国革命的荞麦、糜子、红枣、小米转变为一种健康养生食品，转变为一种新都市文化，供人们享用。如果说当年的陕北小米、荞麦哺育了中国革命，那么薛莹巧以她的陕北文化餐饮，发起的是一种当代中国人追求健康美好生活的活动。

黄河给予中国共产党人纵横驰骋的地理空间，将中国革命与农民、华北连接在一起。1936 年的东征，未洗长征征尘的红军东渡黄河挺进山西，给山西乃至华北八千万人民极大的鼓舞，为建立抗日统一战线创造了条件。1937 年八路军东渡黄河开赴抗日前线，建立华北根据地。1935 年至 1948 年党中央坚守在黄河西岸的陕北，直到最后全部完成在陕北的革命任务。山陕峡谷中的渡口记得红军的足迹、革命的故事，那些从黄河上诞生的歌声便是永不消失的历史记忆。

陕北故事

从壶口到黄帝陵

2018 年 4 月我经同学孙开文的安排，与一行人一同去看壶口瀑布。 4 月的黄陵县郊外，满眼都是嫩绿色树木，这些树都是近年新植的。 这是我第二次来黄陵，此次专为壶口、黄帝陵而来。 随行老同学之妻小张是土生土长的黄陵人，对黄陵的事情耳熟能详，壶口也到过无数次。 从黄陵去宜川要过一座曲曲折折的大桥，桥墩厚实，桥上有桥，设计这座桥的工程师匠心独运，层层叠叠的大桥被他设计得颇有层次感。 越接近宜川，车外风的呼啸声越来越大了。 下了车，风里裹着的沙将脸打得生疼。 还没有接近壶口瀑布，二层或三层的砂页岩蜿蜒盘旋在眼前。

黄河从远方奔腾而来，至壶口受河床走势的影响，骤然收缩并从陡崖上倾泻而下，形成“千里黄河一壶收”的奇绝景观。 激流澎湃，浊浪翻腾，水沫飞溅，声震于天。 东西两岸站了许多人，东岸是山西吉县，西岸是陕西宜川。 山陕两省的人看同一条河，共饮一

壶口瀑布

河水。小张说：“这还不算多，等到秋季，壶口水势最凶猛的时候，你再看这里人有多少，可谓人山人海。”

1937年卢沟桥事变爆发，抗日烽火燃烧整个华北。早在1937年就与诗人光未然在上海结识的冼星海，发宏愿要通过自己创作的音乐形象表现中华民族的抗争奋斗精神。1938年，光未然在渡黄河时，亲历船夫们同惊涛骇浪斗争的情形，难掩心中激荡。他写的黄河长诗，经冼星海谱曲，诞生了中国革命音乐的经典《黄河大合唱》。《黄河大合唱》如同黄河之水天上来，发出民族的吼声，这是真正从人民中诞生出来的民族合唱，黄河在文化象征意义上，更加与中华民族精神紧密联系在一起。今天，我来到壶口瀑布感受到了那种声浪滔天、群情振奋的情怀。黄河属于中华民族，这条河历经风霜、饱经磨难，而今依然昂首高唱。不远处已经搭建了个舞台，窑洞式的舞台布景，一幢幢红门，一层层台阶。我想象着台阶、门里门外站满了人，“风在吼，马在叫，黄河在咆哮，黄河在咆哮，河西山岗万丈高，河东河北高粱熟了，万山丛中抗日英雄真不少，青纱帐里游击健儿逞英豪。”一首歌曲凝聚民族魂，一首黄河绝唱震撼后来人。八十年后的今天，我行走在黄河岸边，听吧，黄河在咆哮，看吧，黄河白浪排空。“我站在高山之巅，望黄河滚滚，奔向东南。惊涛澎湃，掀起万丈狂澜……啊！黄河！你一泻万丈，浩浩荡荡，向南北两岸伸出千万条铁的臂膀。”这是一位勇往直前的黄河巨人形象，他那“划哟！冲上前！划哟！冲上前！”的雄健声音仿佛从古老黄河深处，从民族心灵深处喊出来。

沿着壶口瀑布向南漂流，西南方向黄陵县城北桥山上有一座陵寝，那是中华民族先祖轩辕黄帝的陵墓。从铜川往北数百里，全是赤裸的荒山秃岭，而到了桥山，却长满了郁郁苍苍的柏树，盘山行至山腰便是轩辕庙。《史记·五帝本纪》里记载：“黄帝者，少典之子，姓公孙，名曰轩辕。生而神灵，弱而能言，幼而徇齐，长而敦敏，成而聪明。”中华民族的主体民族是汉族，前身即华夏族，华夏族奉炎黄二帝为先祖，帝颛顼、舜、禹皆是黄帝之后，夏禹为黄帝玄孙颛顼之孙，殷商始祖契为帝喾次妃简狄所生，帝喾是黄帝曾孙。周始祖后稷，其母姜嫄为帝喾之妇。至秦之先为帝颛顼之苗裔，楚之先祖为帝颛顼高阳。《史记》给我们叙述了一个奉黄帝为始祖的先秦帝王谱系，汉、隋、唐、宋、明诸王朝，莫不以黄帝子孙自居，即使是居住青藏高原的藏族，也能找到“虞为黄帝后，羌为虞后，藏为羌后，是藏为黄帝之苗裔”的历史考证依据。今天考古学、人类学及语言学也证明藏汉两个民族存在共同的渊源。这样中国的几乎所有民族都是黄帝的子孙，包括海外华人，华夏民族供奉的先祖黄帝就成为凝聚中华民族的一个巨大文化符号。正因如此，历代都非常重视祭祀黄帝陵。1939年4月6日，也就是《黄河大合唱》首演之前，陕甘宁边区政府派林伯渠参加了当年的黄帝祭礼。黄帝陵所在的中部县是当时国民党统治的区域，而黄河和壶口瀑布则是当时人们进入延安必须经过的地方。中华人民共和国成立后，陕西省政府每年清明都要在黄帝陵举行公祭活动，民间在农历九月九这天举行民祭，散落在世界各地的华人都会不约而同来到桥山轩辕殿前祭拜中华民族人文始祖轩辕黄帝。不言而喻，黄帝祭祀是中华民族家国认同的最大体现。

细雨霏霏中，我们为拜谒黄帝陵而来。轩辕庙内轩辕柏，高大参天，仰头望便追溯到上下五千年。轩辕柏历经五千年历史沧桑，恰恰是华夏文明五千载的历史长度。黄帝制造指南车，其史官仓颉造字，文明肇始，黄帝妻嫘祖教民养蚕抽丝，几乎人类进入文明的一切发明创造都来自黄帝时代，黄帝自然而然成为华夏民族的人文初祖。人文初祖大殿正中壁龛内供奉着轩辕黄帝全身浮雕像，这尊浮雕像是以山东武梁祠遗存的东汉时期黄帝画像石刻拓片为蓝本，刻制而成。黄帝头戴旒冕，左手指向前方，回头看。在五帝中黄帝排首位，黄帝的姿势意味着在古代帝王中承前启后的历史地位。黄帝陵不仅发挥着追本溯源、文化认同的作用，而且是为中华民族伟大复兴凝聚向心力的纽带，碑亭内保存了我国近代极具影响力的人物题词，东边有孙中山题词，西边有毛泽东与邓小平题词。“中华开国五千年，神州轩辕自古传，创造指南车，平定蚩尤乱，世界文明，惟有我先。”孙中山的题词振聋发聩，庙内香港回归纪念碑、澳门回归纪念碑更显示黄帝陵祭祀是国之大事。国每遇大事，必祭告黄帝陵，所以中华民族发展历史上的重大事件，在黄帝陵里几乎都可以看到勒石铭记。

碑廊里石碑林立，东廊石碑内容以国家领导人的题词、中国传统书法艺术作品为主。西廊存放历代帝王、官员、名人名家的祭祀铭文与诗文，这些碑刻更证明了中华民族五千年来绵延不绝和世世代代中国人心系黄帝陵的民族凝聚力。黄帝祭祀体现着大国一统，大国由无数个小家组成。于右任讲：“黄帝二十五子，其得姓者十四人。黄帝居于轩辕之丘，而娶于西陵之女，是为嫘祖。”黄帝陵里悬挂着的百家姓氏牌便是证明。

从壶口到黄帝陵是一脉相通的。在壶口奔流不息的黄河瀑布里我找到民族自强不息的精神，在黄帝陵则再一次印证了中华民族家国同构的文化心理特征。家与国五千年来息息相关，轩辕黄帝将全世界华人联系在一起。“我们都有一个家，名字叫中国。兄弟姐妹都很多，景色也不错。”这些耳熟能详的歌曲印证着中国人的家国情怀。

到此参观的人都觉得轩辕庙里柏树多，其实出了轩辕庙，登山而上，还能看到更多更奇特的黄陵柏。五千年来人们在黄帝陵植柏，再植柏，龙驭阁的左右两侧，两株无叶古柏，其状如龙角，便是人们所称的“龙角柏”。龙象征着高贵、尊荣、祥瑞，黄帝陵里到处都可以看到龙，祭祀广场有56面龙旗，棂星门上有“飞龙出海”字样。共同的信仰将中华儿女紧紧地联系在一起，愿我们的国家世代繁荣昌盛。

陕北故事

黄土高原上的绿色革命

黄河曲曲折折流过黄土高原，带来局部的灌溉和航运之利。分散各处的原始聚落，依赖黄河联系起来，黄河为中国大一统帝国的形成起着纽带作用。黄河以及它的众多支流，好似原始汉文化圈的血管，支持原始农耕和村落的发育，然而农业部落依赖黄河及其他的支流灌溉农田时，农耕文明要求不断开荒种地，因此毫不客气地说，黄河流域的农耕文明对黄土高原的森林和植被的破坏是很严重的。众所周知，黄河的得名与“黄”有极大关系，黄河中下游因为黄土高原土质疏松，坡度陡峻，每遇夏秋暴雨季节，植被稀少的黄土高原水土流失状况非常严重。从内蒙古双河镇河口村到龙门山陕峡谷地带和龙门到潼关的泾渭北洛河流域，黄河90%的泥沙来自这个区域，明朝潘季驯在《河防一览》中讲：“黄河最浊，以斗计之，沙居其六，若至伏秋，则水居其二矣。”还有一个原因就是放牧的影响。在所有牲畜中，羊对植被的破坏是比较严重的。漫山遍野的羊在吴起的沟沟岔岔，它们蚕食着黄土高原上的植被。不过近年黄河陕县站观测到的输沙量锐减，2000 年到 2009 年年均 3.6 亿吨，2008 年到 2011 年下降到年均 3 亿吨以下。黄河输沙量锐减与气候变化、水利工程、黄土高原上的绿色革命密不可分。

黄土高原植被

黄土高原是华夏民族发展的大舞台，今天的黄土高原是中国煤炭广泛分布的地域，也充分说明这里曾是中国森林覆盖面积最广泛的地区。

其实，黄河保安造林运动早在 20 世纪 30 年代就曾经实施过。陈赓雅在《西北视察记》里曾这样描述：“实行计划在本年度预算下提款两万元，津贴陕西及甘肃、绥远三省，三省并各筹万八千元，于沿河酌量造林。而陕建厅曾派员调查沿黄堤防。据禹门口北段，可广植松、柏、椿、槐、榆等树，且沿岸沟岔涧溪之间，现有枣、梨、桑、柳诸果品树，虽未成大规模林况，然亦星罗棋布，株株丛生。可按旧有树木种类，沿河充分造植。南段自禹门口至潼关之五里关，长约二百八十余里，非如北段有山，而乃全系平河。河水东流西汛，宽由里许达数十里不等，积极讲究堤防造林，已若亡羊补牢。”

黄土高原上延安一带黄土最厚，特别是洛河和泾河流域的中下游地区，厚达 100 米，部分地区厚度可达到 180 米。自此向东向西，黄土的厚度变薄。历史上的延河流域曾是森林茂密、水草丰茂、牛羊衔尾、群羊塞道的丰饶之乡，但是随着人口的增加，历代垦荒烧山毁坏植被，森林草原被损耗殆尽，沃野变成了光山秃岭，黄土高原的水土流失严重。20 世纪 90 年代发起的陕北黄土高原上的绿色革命是从吴起开始的。新寨乡杨庙台村村民许志洲将自家的小尾寒羊圈养起来，为解决圈养草料问题，许志洲在荒山坡上种植了些沙打旺和紫花苜蓿，他自己也没有想到，他会成为封山禁牧和种草护树的带头人。1997 年 6 月，时任国务院副总理姜春云来到陕北榆林和延安调研生态农业建设，他详细地询问了当地老百姓的生活和生产情况，回京后，写下了《关于陕北地区治理水土流失、建设生态农业的调查报告》，时任中共中央总书记江泽民同志看到报告，做出了批示：“看到这个调查报告，感到很高兴。陕北地区治理水土流失，改善生态环境的措施和经验是好的。我国是一个有几千年历史的文明古国。包括甘肃、陕西在内的黄河流域，是我们中华民族的主要发祥地。陕西曾经是周、秦、汉、唐等十三个王朝的建都之地，在古代历史上相当长的时间内，陕西、甘肃等西北地区，曾经是植被良好的繁荣富庶之地，所谓'山林川谷美，天生利材多'就是古来描绘陕西一带的自然风物的……后来由于历经战乱的破坏，加上自然灾害和滥砍滥伐造成的损失，导致了陕、甘等西北地区的严重沙化、沙漠化，经济文化的发展也因此受到极大制约。历史遗留下来的这种恶劣的生态环境，要靠我们发挥社会主义制度的优越性，发扬艰苦创业的精神，齐心协力地大抓植树造林，绿化沙漠，建设生态农业去加以根本改观。经过一代一代人长期地、持续地奋斗，再造一个山川秀美的西北地区，应该是可以实现的。"[①]1998 年 5 月 16 日，中共吴起县第九届委员会第二次全委扩大会议暨全县经济工作会议召开，这次会议意味着吴起县将率先进行退耕还林。1998 年 6 月 1 日，吴起县委、县政府做出了《关于实行封山禁牧大力发展舍饲小尾寒羊的决定》。1998 年 8 月上旬，时任国务院总理朱镕基带领国务院有关部门，对全国十几个省市进行考察，第一站就是延安。朱镕基说："延安是我们革命的老根据地，延安当时就这么一点儿地方，这么一点儿人，却养活了那么大的革命力量，直到夺取了全中国。但是你们的树林子也被砍光了，现在来还这个'债'，要把这个树林造起来。"他提出"退耕还林，封山绿化，以粮代赈，个体承

①莫伸. 一号文件[M]. 西安：太白文艺出版社，2012：283.

包”十六字方针，后来中央出台的政策是：黄河流域的农民每退耕一亩土地，就补助200斤粮食。其中100斤小麦，100斤玉米，同时补助林苗费50元、林苗管理费20元。生态工程的建设，还要与老百姓的生活水平提高联系在一起，当农民的粮食、燃料和放牧问题得到解决，生活和生产方式变化了，环境问题也就逐渐解决了。

2017年5月我到延安参观学习时，满山川都是绿的，大街小巷都是绿的。陕北的绿与关中的绿不同，关中的绿是绿荫如盖，郁郁葱葱，陕北的绿是嫩黄的，这绿色还有些羞涩、胆怯，但是山川发生变化是无疑的。我到达杨家岭、王家坪、枣园、延安新城，满山川都是绿色，黄土高原上尘土飞扬的情景改观了。来到张思德墓前，大理石雕塑的张思德像背着一捆柴，正做出迈步状似乎要向我走来，另一边是毛主席为纪念张思德而写的《为人民服务》。这座塑像和为人民服务碑文后是郁郁葱葱的绿树，在阳光的照射下愈发青翠了。砍柴烧炭是毁树毁林，特定时代延安的生态环境被破坏。今天，延安实施退耕还林，造福人民。在张思德墓前朗读《为人民服务》一文，这一刻，我尤感庄严神圣。据我所知，2000年，内蒙古鄂尔多斯市率先推行禁牧、修牧，保护草场，改放牧为舍饲，2003年宁夏在全区实行禁牧封育和退耕还草，绿色革命在不断向北延伸。

GUANZHONG GUSHI

关中故事

一部黄河史就是一部农耕文明史。一部黄河史就是一部农民史。

关中是中国农耕文明的重要发祥地之一，从后稷教民稼穑、郑国渠灌溉出渭河平原沃土，到民国时期李仪祉修建泾惠渠，两千多年来，这里都是中国农业文明发展的场域。不过在城市化发展进程中传统农业已经不能适应现代化社会，种种新的社会变迁正在发生。

关中故事

分水岭上的峪口人家

陕西省有黄河流域河流 687 条，长江流域河流 410 条，秦岭是这两大水系的分水岭。秦岭南麓有 132 条河流汇入汉江、嘉陵江；北麓有 63 条河流汇入渭河。水流深切峡谷，谷底流水潺潺。溪水层层跌落，形成多级叠瀑布，秦岭北坡短而陡峭，流水峡谷依次并排而立，如同群龙吐水，人们将其称为秦岭七十二峪。众多水源汇集，在南北两侧孕育了两条大河，南侧是长达 1532 千米的汉江，北侧则是长 810 千米的渭河，它们分别注入长江和黄河。

秦岭是中国地理南北分界线，也是中国长江和黄河分水岭，如果将秦岭向西延伸与昆仑山脉相接，向东绵延与伏牛山脉、崤山山脉相连，那么便会形成一条东西横亘 1300 余千米的地理人文分界线。而我讲的峪口人家，指的仅是西安城南所依的这一段峪口人家

峪口人家

的故事。这段秦岭历来被人们称作终南山。作为中国地理南北分水岭，秦岭南北山麓景色各异，南麓是典型的翠竹摇曳的南方景致，北麓呈现关中平原特有的荠麦青青景象。每年春季，在秦岭山麓南边的汉中、安康等地油菜花遍地盛开之际，秦岭北麓的关中平原上桃、李、杏花则开得绚然。如果顺着山道盘旋而上，站在秦岭之巅的黄河与长江分界碑处，便明白秦岭怎样一手挽着黄河，一手揽着长江，那么秦岭这条山脉是不是就很有吸引力？秦岭深处的峪口人家是不是就很令人向往？

记不得有多少次，我们走进这些峪口，也记不清有些峪叫什么名字。只知道进山了，陡然发现隐藏在深山里的村庄，有的峪走着走着就走到陕南去了。只记得每次进秦岭都会有新发现、新感受，其中最触动人心的便是那些过着桃花源式生活的峪口人家。2017 年的秋天，我误入秦岭山中一个峪口，晴空在上，溪水在旁，时见拱桥连着两边村舍。不知道孩子们蹲在地上看什么，苍头老人在村道里闲坐，山谷里多大树，凉爽得很，偶尔见外来者在溪水边玩耍。顺着山道，曲曲折折地进去，屋子大多是瓦顶、黄泥墙，路旁种一片片玉米，想来住在这里，夜里推窗便见玉米地、月亮，便想这里的人们该怎样讲城里人的生活，城里人又怎样理解他们的日子？看见一个小院落，门板很斑驳了，里面陈列着些日常生活杂物，墙上贴着的还是20世纪80年代大多数乡村贴的那种年画。柜台是木质的，扒上面很舒服，问有没有小零食，店主便端来一个箱子，里面乱七八糟地放些东西，分5毛钱和1元钱的两类食品。这里的生活好像离我们很远，却真实存在着，像是一个仙境般的村落。在你刚沉浸于村庄的古朴幽静之际，远远地看到了一面红旗在一所院子上头迎风招展，根据经验便知道，那一定是村委会。我记得刚进峪口时一群人在修门楼，看那架势要修得雄伟高大才符合要求，便想大概要不了多久，这个村子就要发展旅游业了。村子里的经济好了，村庄的静谧齐整就失去了。

如果说上面进秦岭的故事是偶遇，那么2018年的春天那次进秦岭便是筹谋已久。西安城里梅花、迎春花、玉兰花、樱花争先恐后地开满大街小巷，而秦岭山中的春似乎来得要晚些。驱车过了韦曲、郭杜地界，从沣峪口进入秦岭山中。山口两边一溜的农家乐，大部分是卖石锅鱼的，不过这里仅是初入，再往深处走，山路与210国道相接，可看到巨石上刻着“秦岭”二字，便知已经进山了。210国道是陕西南北跨度最长的国道，从最北部神木红碱淖进入，最南部镇巴县出，是陕西的经济大动脉，也是从西安到四川的主要通道，因为终止于重庆万州区，也叫西万公路。入峪没多久，就看到律宗祖庭净业寺，路上山花烂漫，三百步一树，五百步一丛，春已经扑面而来。

过了净业寺，便是观音禅院，寺院建在河道里，山门左右镌刻一副对联："绿水门前流风起好弹万古琴，青山寺后立春来宜作千秋画"，倒有一番清朗俊雅之风。天王殿里是一处院子，植几株玉兰，白紫色兼有，花苞为淡绿色，有毛茸茸的花之纤维，也许只有山里的玉兰才有这样的俊逸气。大雄宝殿里几位女尼正在诵经，声音洪亮，回荡山谷。大殿后引谷水而建池塘，是为放生池。水曲则池曲，里面养着许多色彩艳丽的鱼儿。过放生池，依山势又起楼阁，站在上面可将远处山谷尽纳眼中，远处山头颇似龙头，谷水从禅院旁流过，景是好景，但从安全角度讲，极不安全，一旦山中下暴雨，寺院顷刻便会没顶。继续攀登，至顶便是刚才在路上看到的几十米高的汉白玉三面观音像，像立在一宽阔的平台上，台上有亭，亭内有碑，介绍终南山观音禅院地理位置、终南佛教之盛事。秦岭山中多佛寺，千年隋唐古刹常见，不经意便可和千年历史相逢，不过我看到的这座观音禅院是近年才修建的。到九龙潭，可能刚过完年，这里的农家乐都锁着门，叫了半天门，女主人从远处转回来告知："还没开业呢！要吃饭，得过前面的铁桥，喂子坪有农家乐，开业着呢！"

喂子坪，沣峪里一村庄，秦岭半山腰处的一块平坦开阔地。这天不是周末，冷冷清清的，走进一户农家乐，主人是个老汉，刚准备出门，见我们来便转头，热情地邀我们进屋。屋里生着炉子，暖烘烘的。一床、一柜、一桌，一块绒布盖着的大物件，估计是被褥，看来这里是主人的卧室，来客人了就变成用餐场所。坐在这样的小屋里，感觉还真有农家味道。如果是夏天，可坐到院子里享受凉风，现在初春乍暖还寒时坐在炉子边正好。点了四个菜：土豆炒腊肉、凉拌灰灰菜、蒜泥茄子、炒鸡蛋，外加一份葱油饼、酸菜拌汤。因为还有返程，司机不能喝酒，剩下的我们两人喝。恍惚间以为自己远离红尘，置身事外。一回头发现老汉也端了一碗和我们同样的拌汤喝。老李打趣说："直接把给我们做的拌汤喝了，你就不用做饭了。"老汉也不脸红，或许这种情景常发生，边喝汤，边应答："估计你们也够了，我就喜欢喝酸菜拌汤，我这酸菜是用萝卜缨腌的，特别好吃。"我们又问桌上的熏肉是不是自己熏的。然后，就从熏猪肉谈到养猪，说到现在买猪仔需要七八百元，甚至上千元。说起养猪，老汉的兴头更大了，说现在农民80%都不种粮食了，差不多都靠打工维持生计，留在家里的就开农家乐。说自己最早在这里开农家乐，盖房子，供城里人来住，随后周围的村民们才跟着效仿。那时候每个房子放四张床，一个床铺收1.5元，后来涨到3元、5元、10元，现在已经是每床30元，算起来一个房间四张床就是120元，与最初的每房6元比，翻了20倍。不管房价怎么涨，城里人照样来得勤。每到周末，山道里汽车挤得满满当当。说到这里老汉更得意了："咸阳人都经常开车到我这里来吃饭，往往是人还没到，电话就打来说：‘叔，把鸡给我杀了，炖上，我们一会就到了。’”老汉这话不虚。沣峪里有山有水，胜景连连，更主要的是，城市人平时上班受约束，一到周末或节假日，到山里来游玩感到很放松，很有新鲜感。尤其是夏天，西安是个大火炉，到山中避暑比待在城市惬意多了。殊不知一进山来，满西安的人好像都在峪里。

记得那次进太平峪，峪道里塞满了来消夏的城里人，汽车只能排在山谷里一点点往前挪，秦岭山中的高冠峪、大峪、库峪等其他峪口，也是塞满了人，使得很多来消夏的人进山就后悔了，照这情形，还不如待在家里的空调房子呢！可是人们虽是埋怨着，还是耐着性子在峪道里排队，因为一旦进深山了，山风习习，那种凉爽是在城里根本无法体会到的。有的索性就住在峪里的农家客房。秦岭山中朗月清风，可拂去多年尘土。这样就忙坏了山里人，也富裕了山里人，峪口村子里家家开农家乐，农家乐成为这些峪口人家谋生的重要手段。他们卖给城里人新鲜的菜蔬肉食，给予城里人舒缓休闲的新鲜生活，有些地方还给城里人提供到菜园或果园采摘的服务，让他们亲近大自然，体验田园生活。毋庸置疑，农耕文明发展到今天，现代化机械生产、商业化、城镇化发展已让相当大部分中国农民摆脱农业生产劳动，从事农家乐或者其他第三产业。

有时想想，“农家乐”这个词真好，从历史角度讲，中国是一个典型的农业国家。然而，随着社会发展，工业文明、信息技术迅速渗透到生活中的方方面面，那种“采菊东篱下，悠然见南山”的田园优雅舒缓生活已经离我们越来越远了，可人的生活总是有多种需要，当基本的生存需求满足之后，便有更高的精神追求。汽车可以将人们带到任何有路并且想去的地方，能充分地满足人们的生活需求，为人们提供更多的生活可能性。当前在全国各地兴起的农家乐，能给予人们新的田园牧歌式的空间环境，能让人们获得平静安全愉悦的心情。当代中国人发明了农家乐，这是不是也可以说是一种社会主义新农村的存在方式。

夜色已深，秦岭山中静悄悄的，我想起来大概六十多年前，柳青在他的《皇甫村的三年》散文集子里，讲述的20世纪50年代秦岭脚下农民进山砍竹子谋求生计的事情，那时的农民在山中吃尽苦头，只为多砍竹子进城挣钱，半个多世纪后，西安城里的人却络绎不绝地进山消费，来享受生活的悠闲。今夜，我们就在这静谧的氛围里享受山林的野趣，倾听大山发出的夜的呼啸声。初春的空气里透着新鲜的泥土香，这是秦岭山中又一个迷人的春夜！重回“悠然见南山”的田园生活。

关中故事

从咸阳古渡到西咸新区

渭河是黄河上最大的支流，俗称禹河，发源于甘肃省渭源县鸟鼠山，在潼关县港口镇注入黄河，在陕西境内核心区域不过千里之长，流域面积仅有 6.75 万平方千米，只占不到 1%的国土面积，但对中华民族来讲却具有举足轻重的作用。近年在这条河流两岸发现了距今 6000 多年的史前杨官寨遗址，它比西安东郊的半坡遗址时间还要久远。考古发现证明 6000 年前渭水流域就有人类休养生息。更伟大的还在于，在渭水流域，中国历史上非常重要的周、秦、汉、唐等几个王朝接踵走来。它们沿着渭水从西向东一路走来，奠定了中国的文化基础。西周确立了中国的礼乐制度。秦始皇统一文字、度量衡，将地域文化不同、风土民情各异的六国统一起来。汉代罢黜百家、独尊儒术，确立了中国的文官制度。秦汉两朝奠定了中国古代基本的政治制度，隋唐在此基础上创造了科举制度，将上层社会与下层百姓连接起来。在大唐长安经历千年之久，儒家学说成为中国传统文化的重要组成部分。毋庸置疑，一部周秦汉唐史便是大半部中国史。

沿着渭河主干流有一座座城市：陇西、天水、宝鸡、岐山、咸阳、西安等。这些城市如明珠般一颗颗串起来，咸阳是其中璀璨的一颗。“渭城朝雨浥轻尘，客舍青青柳色新。”我的家就坐落在渭河岸边。过去我对拜访的客人说，在咸阳湖管理处站下车便到我家，现在我对人们讲，坐车就到古渡廊桥。这实际上是同一个地方，取名咸阳湖管理处是因为 2005 年咸阳市政府在渭河上蓄水建湖，有湖就要有相应的管理部门，所以诞生了咸阳湖管理处，我家就在管理处对面。2017 年 10 月，就在管理处大楼旁，一座横跨渭河南北两岸的咸阳古渡廊桥建成，成为咸阳一个重要的地标。如此讲，我家便是真正的咸阳渭水人家了。

每个地方都会搞出什么八景十胜一类的景观来，这也是中国地域文化的重要构成部分。“关中八景”之一景是“咸阳古渡几千年”。在我小时候，渭河尚可以摆渡，那时我们小学生每年清明节都会到河南岸给烈士扫墓。这一天要坐大木船，由艄公将我们摆渡到河对岸，到了陵园，一个个神情庄重，为烈士献上我们亲手制作的小白花。那时天暖草绿，渭水潺潺，我们乘船像梦一般又摆渡回来，这种记忆美好且悠远，然而记不得何时起，渭河上就再也没有见过渡船了。有关渭河的故事很多，最传奇的是据说渭河边有座张飞庙，每年七八月汛期，渭河发大水，河水上涨快要淹了咸阳的时候，人们就会把张飞庙里的张飞塑像抬到岸边去，然后奇迹就会发生，水退下去了。人们都说张飞镇着咸阳，咸阳永远淹不了，可我从来没有见过张飞庙，后来在看咸阳古渡遗址时，才知道真有张飞庙。1979年我随父亲转业回到老家咸阳，刚回来时住在咸阳大众剧团单身楼上，后来搬到渭河边现在这个院子。每年汛期担惊受怕是必然的。那时父亲在房地局上班，每到汛期，都要值班。20世纪80年代，也许就是安康遭大水灾的那年，咸阳也危险极了，人们纷纷传言，咸阳要被淹了，赶快搬家吧。于是，今天传来河边的居民住宅被淹了的消息，明天传来马上河水就要上涨到我们这里了，还有人说有个老太太把家里的电视机抱出来，结果水没有淹了家，老太太却在慌忙中将电视机摔坏了。那年代电视机是很贵重的家庭财产，这损失无疑是巨大的。成年后，好像汛期渭河涨水危及咸阳城的事再也没有发生过，渭河水越来越少。

“咸阳桥上雨如悬，万点空濛隔钓船。还似洞庭春水色，晓云将入岳阳天。”我在渭河边上长大，见惯了渭河四季变化。冬天，在河边看不知名的水鸟翱翔，夏季在河边纳凉，春来绿柳依依，秋至岸边丛菊飘香。从渭河边步行街上向北走500米，便是咸阳市博物馆，过去的文庙所在，文庙前是老街，街上文房四宝、书画卷轴无所不卖。我家恰在渭河与博物馆之间，那时就宛如亲戚们进城或者到更远地方去的一个渡口。从农村来的亲戚孩子考上大学要到外地上学，父亲送他们到大学所在地去，父亲先后送过表哥、堂妹、堂弟等多个亲戚孩子到外地上学。二舅从山西回老家泾阳，我家就是周转站。然而，这些年像这样的事情不会有了，因为父亲当年送的那些孩子们都在城里干得不错，他们的孩子根本用不着我们去管了，不似当年他们在走出农村前从未见过外面的天地。就像现在咸阳到西安有很多桥，人们无须再摆渡了，我家渡口的作用已经消亡了，而现实中真正的咸阳古渡露面了。2002 年，咸阳市水利部门在清理河道工程时，发现一段旧河堤遗址，经考古发掘，发现明代河堤、清代河堤和民国渡船泊位各一处，位置就在今天咸阳市南阳街左右，东至清渭楼。

2002 年发现明清咸阳古渡遗址，2004 年水利部黄河水利委员会批准了咸阳市政府拟建设咸阳湖的规划。咸阳湖是咸阳渭河上修建的人工拦坝蓄水而成的城市水景，项目总投资 3.1888 亿元。2005 年咸阳湖建成，碧波荡漾，湖水依依，岸边垂柳拂面，湖岸芳草绵绵，各种花树次第开放，咸阳湖里游艇往来穿梭，好不热闹。咸阳人终于也有一处自己的水域了。水和水道对于城市景观有巨大的美学雕饰作用，咸阳人在渭河上拦坝蓄水，渭河为咸阳湖供水，咸阳古渡几千年，咸阳湖赋予城市勃勃生机。每天去湖边休闲娱乐的人络绎不绝，咸阳湖成为咸阳一道靓丽景观。

再次回到咸阳，咸阳湖边灯火辉煌，沿着河岸有一条路，路边满是垂柳，想起细柳营的故事，想起生活的各种悲欢。我们再也不用坐渡船了，咸阳桥从 1 号排到 4 号，杜甫诗中写“尘埃不见咸阳桥”，现在这里有这么多的新咸阳桥，连接着西安和咸阳两座城市。那有名的渭水三桥，那唐太宗与颉利可汗结盟的便桥，那明清古渡口都已成为历史。2017 年 10 月 1 日廊桥建成，桥分上下两层，下层是石质的，上层铁铸，古渡廊桥从北岸直达南岸。让人不禁问：历史上渭河多少次泛滥，又多少次航船？咸阳人到底和这条河有多少关系？每年冬天，就看见很多人在渭河岸边的桥墩下挖古币，据说河道里曾淤下很多古物，有人挖到了，有人什么也没有挖到。城市一方面如车轮滚滚向前，另一方面还保留着浓重的历史痕迹，尽管古城遗迹已经无法寻觅，但是咸阳湖畔人们吼叫一声，那声音仍是激越悲凉的秦腔。

西安咸阳国际机场就在不远的地方。多好啊，咸阳人出行多么方便，然而让咸阳人气闷的是，机场明明在咸阳，偏偏说是西安的地方，连电话号码都是 029 开头的，可咸阳人永远叫它咸阳机场，外地人叫它西安机场。这是咸阳的骄傲，还是咸阳的悲哀。我不知道咸阳人到底喜欢被西安兼并了呢，还是喜欢永远保留着咸阳这个地方。2018 年 1 月 6 日，是西咸新区正式获批四周年的时间，西咸新区作为国家级新区，承载着国家级的战略布局。我的家咸阳已经纳入西咸新区的范围内。随着规划面积达 2000 平方千米的“雄安新区”成立，“国家级新区”再一次进入人们视野，国家级新区是区域发展的重要路径。咸阳这座历史上的著名秦都，会在一山一河双子城时代焕发出新的生机。期待着，期待着！

关中故事

走向空港新城的泾河人家

泾河发源于宁夏回族自治区泾源县境内的老龙潭，于西安高陵区汇入渭河，河长455千米，流域面积45421平方千米。这是一条曾经影响中国历史进程的河流，因为中国古代著名的三大水利工程之一郑国渠就是引泾灌溉，强大了秦国，为始皇帝一统天下奠定了基础。在这条著名的古代水利灌溉渠之后，汉代、唐代和民国都有修建引泾灌溉的水利工程，最著名的便是民国时期的泾惠渠，至今仍造福于泾河两岸的百姓。如果从郑国渠算起，引泾灌溉的历史在关中已有两千多年，那么关中作为中国农业文明重要发祥地、发展地也有两千多年历史。这样一个农耕文明古老的地域，老百姓是怎么生活的？2017年4月，带着这样的问题我来到泾河畔寻找泾河人家，其中就包括我舅舅家。

在路上看到很多土地被圈围起来，墙上写着“空港新城”的字样，表明这里已是属于空港新城的土地。空港新城是国家西咸新区的五大区之一，是中国民航局支持设立的“首个国家航空城实验区”，以打造丝路交通商贸物流中心、国际航空服务业聚集中心、国际文化创意中心、生态和农业小镇示范中心为发展目标，围绕全国第八大机场——西安咸阳国际机场，大力发展航空物流、飞机维修、总部经济、文化创意和临空农业。据说我舅舅家所在的柳村于 2017 年划归于空港新城太平镇。这次改制是柳村历史上最大的一次变动，这意味着舅舅们一夜之间变成了西安人，太平镇所辖的 23 个自然村大踏步地向航空物流、文化创意、临空农业方向发展。这些农民们能适应吗？让我讲几个故事。

小舅住在柳村集市的街道上，地理位置好。关中农村院子一般分三部分，前院、中院和后院。这一庄院子是小舅继承外爷和外婆的遗产。小舅是外爷和外婆最碎[①]的儿子，备受父母疼爱守在祖庄里，柳村发展成集市，小舅靠出租房屋就能养活一家人。小舅家门口左边门面房出租给卖重庆鲜面条的，右边租给卖蒸馍的，这两间门面房一年收入近 2 万元。后院临主街道闹市，小舅把它租给做超市生意的人，年收租费 1.2 万元左右，这前后两院的租金是小舅生活的主要来源。还有 1.7 亩地出租，一年收入约 2040 元。女儿常

---

①关中方言是最小的意思。

年住在娘家，女婿在外跑长途车生意，现在两个外孙正坐在门道里看动画片。儿子在上海打工常年不在家，小舅夫妻为儿子的婚事很着急。中院是小舅自己住，全部用水泥抹了地面，院中搭了顶棚，封闭得很严，就我看到的关中民居，这应该是现在农村最时兴的一种房屋建筑模式，下不见土，上不见天，封闭得严严实实，虽说能保持家中干净，但是人与自然脱离。院里有洗澡间、厨房，也是贴瓷砖，用电磁炉，部分用土灶。后院修两个瓷砖铺就的厕所，整个宅子城镇气息浓郁，或者说充满商业味道。也许农民们认为现在日子好了，就离土地远些，这样更像城里人，而城里人却在大踏步地寻找田园，寻找土地，寻找人与自然相契合的天人合一。这也许就应了那句，我们刚吃上肉，你们却在吃菜；我们刚想离开土地，你们却嚷着要回归土地。显然，城乡发展似乎总有时间差。而现在转变为空港新城居民的身份使他们有什么变化？这还要在村子里再看看。

与小舅不同，大舅的院子离街市要稍远些，大舅在农村属于有文化、爱琢磨的能行人，今年 69 岁，先后当过村主任、村支部副书记、村支部书记等村干部，按照优秀村干部的标准来讲，大舅带领全村人解决人及牲口的饮水问题，创办村集市，但这些业绩不算很突出，大舅最突出之处在于农业劳动方面，他既有老农的勤劳，也有做村干部以来训练出来的先进思想，总喜欢看书学习怎样把农副产品加工好。尽管他说：“如果不是因为外爷，他今生就不‘修地球’了。”但我还是感觉他把地球修得很好。大舅有耕地 7.8 亩，2.2 亩出租，3 亩种果树，剩下的种粮食。大舅还花 3 万元给自己买了个企业养老保险，60 岁起返钱，刚开始每月 600 元，现在逐年增加到每月 1500 元。办这个企业养老保险的农民不多，当时大家都觉得有风险，现在看到好处，却办不下来了。大舅还花了 6 万元在集市上买了间门面房，年收入 1.4 万元。这样生活就有一定的保障，类似城市退休工人。因此，大舅现在是个半工半农的农民。

最令我羡慕的是，大舅有所看起来不错、住起来舒服的农家院落。这所院落建于 20 世纪 90 年代后期，布局合理，不像新兴起来的那种商业化院落。前院是门房和放杂物的空间，月亮门上面用蓝色瓷砖镶着“春光满院”四个字，让人感到田园气息浓郁。中院是大舅老两口的住房，连后院。前院与中院间两间偏房连接，走廊用砖铺就。偏房对面搭个小凉棚，平日晒点东西，院中有棵茂盛的葡萄树。这院子，冬天可看雪，夏季可乘凉，秋天可收葡萄，雨天还可听雨打屋檐声。大舅身上有那种很浓的对田园、农耕生活的热爱之情，所以在院里院外种些果树，弄些花草。近 70 岁的人了，每天天刚亮就往地里跑，一天要跑好几个来回，每次去都骑摩托，因为腿脚越来越不便利了。大舅后院右边有两间砖房，是他当年搞家庭养殖业时的鸡舍，如今不养鸡了，没舍得拆，放些杂物。左边是卫生间，已由旱厕改为水厕。后院顺楼梯可上房顶晒粮食，房顶装有太阳能热水器。在农村每家都会有这样一个屋顶凉台，因为毕竟要晾粮食、晒粮食。然后是洗澡间，面积不大，安着浴霸、花洒、面盆。后院还栽棵葡萄树，枝叶繁茂，都爬到屋顶了。另有棵柿子树，也很繁茂。大舅的院落土洋结合，让人感觉很舒服、接地气。

夜里躺在前院的小屋里，嗅到泥土的气息，天亮时听见门外妇女说话声，一会又有车辆经过的声音，我就在这与天地相接的小院里睡醒了。

再说说柳村的街道与夜市。清晨在街道转，农村的街道整齐划一，每家每户门口种有花草，有的是一丛兰草，有的是一树月季，街上暗渠全是水泥砌成。不过听大妗子说这是村委会要求的，一律不允许门口放柴火，要保持街道的齐整。大妗子做饭用电磁炉炒菜，土灶上烧稀饭，体现着传统与现代相结合的特色，这大概是现在关中农村每家都有的装配吧。这夜我留在柳村，体验农村夜生活。镇上的夜市有家卖炸菜烤饼的小摊，烤肉摊有几家，顺来饭店里面坐的人最多，我们就在这家饭店吃烧烤，要了份烤鱼，味道还不错。饭店菜品也算丰富，价位和城里相差不大，略便宜点。大舅说野地里还有两家卖烤肉的。柳村的夜市不算繁华，但对农村来讲已经相当不错了，进饭馆，吃烤肉的基本是当地农民，也有因为其他原因在此滞留的外乡人。我们一起吃烤鱼的时候，大舅的女儿和大妗子也正在一个摊子上吃烤肉，柳村人的生活颇似城里人了。

大概一年前光景，村上崛起了一座农业产业园，现在外面写着空港新城名号，我们看时发现挂着“空港高空生态农业示范园”，是大学生创新创业教育基地，是西北农林科技大学搞的。显然是为将来空港新城的生态和农业小镇示范产业园做的前期工作。园子里面已经铺成水泥路，三三两两的农民进出，绝大多数是女性，有十五六个砖砌就的大型温房，每个里面种的蔬菜都不同。走进一温房，里面栽培的是西瓜，西瓜蔓都用绳子吊起来，一排一排的，很多结上小西瓜了，女工们在里面人工授粉、搬杈。再走进一个温房，里面种的是乳瓜，瓜也是一个个用绳子吊起来。这些忙碌的妇女都是周边村子的农民，在这里打工，每月 1800 元，不管饭，每天工作 8 小时。后来小舅说，他们的土地就是出租给这里的老板的，看来承租者用从农民手中租来的土地在搞高空生态农业示范园建设。

从地里返回的路上，看到大舅昨夜说的野地里的烧烤摊。店主是本家四舅的儿子，他叫小放，大舅说这是侄儿们中最有想法的一个。烤肉摊的核心是公路边一间活动房，里面摆着冰箱和一些烤肉用的家具。外面撑着大伞、桌子，其他的几张桌子摞在一起。伞外是一片空地，有规划地种些花树，树尚小，但显然是被精心安排栽种的，花树场地后是一块长方形空地，一圈郁郁青青的松树包围着它。这里是小放为未来发展农家乐空的一块地基。在一片果树、麦地包围的野地里，出现一个烧烤摊，有些怪异。小放说自己搞这个摊子目的是等空港新城赔钱。他说他栽的是花树，经营的是烤肉店，将来在后面空地盖上房子，政府不拆迁，就搞农家乐；拆迁，赔偿也会多些。看来这确实是个很有想法的人。小舅也说自己和大舅在空港产业园里的土地到时会得到赔偿，现在被拆迁的土地按一亩 3.6 万元来赔，将来赔偿时只会多，不会少。空港新城的崛起给太平镇，尤其是柳村带来前所未有的发展机遇，村民们的发财致富梦全在这里。

回来路上，经过小放的宾馆。实行家庭联产承包后，村民们把集体晾晒场分了，小放将分给本家的地通通收购，和分给自己的地连在一起，扩成长 35 米的大场地，在上面建了 8 间门面房，6 间做宾馆，就是现在挂泾阳县“雅之家”牌子的宾馆，剩下两间做了饭店，去年火锅生意不好，关门了，相反宾馆生意红火。“雅之家”宾馆有上下两层，14 间房屋，里面是标间配置，每个房间都有大窗户，窗外一片绿荫，小放母亲陪我们看，洗衣间里面放着两台洗衣机。小放曾声明这个宾馆现在是他们一家生存的保障，将来是他养老的资本。柳村开宾馆的有两家，小放的“雅之家”床位多，住宿条件好，生意也就更兴旺，不言而喻，这个镇子外来人口还比较多，主要是来镇上打工的。

宾馆大厅墙上写着“咸阳圣兴人力资源服务有限公司太平办事处”，不知道这又是小放搞的什么业务？像是中介公司。野地里开烤肉摊，规划农家乐发家，经营宾馆，还开公司，我感到小放确实是个能折腾的人。这是改革开放四十年农村出现的一种新能人，像大舅这样的村干部脑子都赶不上。大舅是老农民有想法，脚踏实地地干，小放是连滚带翻，往前奔跑，但小放有个观点：守在家门口发展，不出去。想来像他这样能折腾的人，适合留在农村支持农村现代化发展。然而一切都是因为时代，中国发展的机遇给了农民发展的空间，让他们敢想、敢干，现在柳村的空港时代来了，柳村人更是摩拳擦掌，等待更快致富。

空港新城正在建设中，柳村的年轻人有了新工作，公共设施的配置使村里人们的生活更便利了。太平镇人民政府门前有了从镇上开往空港的免费班车，每天发 8 趟车，免费将村民拉到机场，一是这里有很多年轻人在机场打工，为了方便他们上班；二是让村民有机会到机场去游逛。这让原来从镇上开往泾阳县的大巴车司机很气恼，因为这些免费班车严重影响了他们的生意，现在没人坐他们的车到县里去了，于是集体罢工，以示对空港新城的抗议，但是抗议归抗议，村民们还是喜欢坐免费班车到机场去逛逛。不仅如此，就连从镇上开往咸阳的 10 路公交车也受到影响，因为人们只要坐机场免费车，到机场后，再坐开往咸阳的 15 路公交车就可到咸阳市，只需要花1 元钱就到咸阳市了，而 10 路公交车到咸阳的车票是 6 元。空港新城的创建对他们原有的生活秩序冲击很大，给村里人带来很多新变化。村里年轻人很多在机场做杂务工作，或打扫卫生，或搬运物件，现在他们每天可以像城里人一样体面地上班、下班，生活过得欣欣向荣、美滋滋。

两千年来泾阳县是我国农业重要发祥地，关中重要粮棉基地之一。如果说关中平原是陕西的白菜心，那么泾阳、三原就是关中平原的白菜心，而这一切最根本的原因是秦时郑国渠的开凿。战国末期，秦国日渐强大，吞并六国的意图也日益明显。在此种情况下，韩国想出一个奇妙的计策，派遣一名技术高超的水利专家到秦国去劝说秦始皇修建大型水利工程，妄想以此消耗秦国实力。水工郑国劝动了秦始皇修建水利工程，使得盐碱地得到改善。这项水利工程，经过 10 多年的辛勤施工，建成了一条长达 300 多里、灌溉面积达 4 万多顷的超大型农田灌溉水渠。这条农田灌溉水渠在渭河北岸，西引泾河水，东入洛河，就是中国古代著名的水利工程之一——郑国渠。开渠前，灌区内主要是盐碱地，不利于耕种，但是引泾灌溉后，由于泾河水饱含泥沙，大大增加了土壤的肥力，秦国实力大大增强。郑国渠的作用远不止于此，它还由此发展形成了关中灌溉网，支持了秦、西汉、隋唐等几个强大王朝。引泾灌溉对于中国农耕文明，乃至中华文明起了巨大的支撑作用。引泾灌溉为中国农田水利发展做出了巨大贡献，因此，到泾阳就不能不去看泾惠渠首，这里也是古郑国渠遗址所在。

驱车前往泾阳县，途经陕西水利博物馆，这个博物馆旁边是李仪祉纪念馆。李仪祉是我国近代著名水利学家，曾主持“关中八惠”水利设施工程，造福百姓，他所主持的“关中八惠”又以泾惠渠最为著名。在陕西关中很多地方都可以看到以李仪祉命名的学校或者纪念馆。李仪祉主持的泾惠渠是在原郑国渠和白渠的基础上修建而成，关中人民忘不了他的恩德，所以泾阳县专门为李仪祉修建纪念馆。馆前的李仪祉塑像一袭长衫，戴副眼镜，一派民国风范。馆前就是他当年修建的泾惠渠，渠中水很大，站在渠边可听见哗哗的流水声。陕西水利博物馆里分古代关中水利、近代水利以及现代陕西水利发展三部分，对关中水利

泾惠渠

历史和未来发展前景做了介绍。有了在博物馆对陕西水利发展状况的了解，到张家山泾惠渠首看看的愿望就更强烈了。渠首入门处，有一块由陕西省泾惠渠管理局立的引泾灌溉简介碑，对关中水利发展史做了介绍。

引泾灌溉简史

引泾灌溉始于秦始皇嬴政元年（公元前二四六年）修建的郑国渠，距今已有两千二百三十多年的历史，郑国渠是我国古代著名的三大水利工程之一。

郑国渠的建成和运行，改良了灌区土壤，使农作物大幅度增产，对秦始皇统一中国起到了重要作用。司马迁在《史记·河渠书》中有精辟的记述，郑国渠之后，屡废屡修，几易渠名，而经久不辍，至汉代为白公渠，唐代为三白渠，宋代为丰利渠，元代为王御史渠，明代为广惠渠，清代初叶，因河日下，渠日管理不善，工程失修，而拒泾引泉灌溉始向衰落。

我国近代水利科学家李仪祉先生，在关中两年干旱、政局混乱的艰苦条件下，继承引泾灌溉的历史经验，采用科学技术，统筹规划，精心设计，在杨虎城将军的大力支持和华洋义赈会及华侨的资助下，主持兴建泾惠渠工程。一九三零年十二月七日开工，一九三二年六月二十日建成通水，为发展水利事业，繁荣陕西经济，树立了不可磨灭的功绩。泾惠渠原设计灌溉面积六十四万亩。引水流量十六立方米每秒，经过改善，至一九四九年引水流量增加到二十五立方米每秒，实灌面积达到五十万亩以上，粮食亩产一三零公斤，棉花亩产一五至三零公斤。中华人民共和国成立以后，党和政府十分重视水利事业，四十余年来，灌区经过工程改善，加强管理，使古老灌区面貌一新。现在，渠首引水能力为四十六立方米每秒，灌溉设施面积扩大到一三四万亩，并建成排水系统和一万三千多眼机井，粮食亩产从一九八二年起连续超过五零零公斤，棉花亩产五十公斤以上，喜看今日的泾惠灌区“渠直路端树成行，土地平整田成方，机井成群电成网，粮棉丰收果菜香”，到处是一派兴旺发达的景象。

1928 年至 1930 年，陕西连续三年遭受大旱，尤以民国十八年（1929 年）年馑最惨烈，92 个县尽成灾区，全省 940 万人中有 250 万人饿死，40 万人逃亡，800 多万人以树皮、草根果腹。正是这场灾难促成了泾惠渠的修建。民国十九年（1930 年），杨虎城将军主陕时，支持李仪祉兴修渭北水利工程的建议，成立渭北水利工程委员会及渭北水利工程处，兴建泾惠渠工程，渠首位于泾阳县王桥镇张家山泾河谷口，坝体为混凝土溢流坝，原设计灌溉面积 64 万亩。1932 年通水，灌溉面积 3.3 万公顷。泾河哺育了这一水利系统，灌溉着泾阳、三原、高陵、阎良、临潼、富平 6 县（区）8.93 万公顷农田。泾惠渠开启了中国近代水利建设的先河，造福了关中地区，使八百里秦川成为富饶的粮棉产地。拜谒千年名渠，激动之情油然而生。青黄色渠水流淌，一棵古老的大树斜跨渠上，山石看上去有些年代了，一位正在搞修建的工人介绍，这里是秦时郑国渠原址，距今两千多年的秦国水利工程仍然造福关中，令人惊叹。

从泾阳县太平镇到张家山泾惠渠首看到的是现代关中农业、近代关中农业水利与古代关中的水利灌溉设施，这两千多年来的中国农业文明在不断嬗变，保护和传承农耕文化是保障人民健康生活的根本，也是维持田园风光和乡村旅游的基石。我的舅舅家在泾河岸边，他们都受惠于这条河流，但是农业对他们的影响在减少，多种经济收入在提升。现在农民有的半工半农，有的已完全脱离农村，还有一大批正在向城镇化方向发展，农业生产方式也在变化，而从人类发展角度来讲，我们更愿意亲近土地，尊重自然，让社会的发展变成可持续的发展。

肆

关中故事

打『农』字旗号的袁家村

在关中八百里秦川上，星罗棋布地坐落着许多汉唐帝陵。唐代第二代君主太宗李世民的昭陵就坐落在咸阳市礼泉县东北 22 千米的九嵕山上。在距离昭陵 1 千米，渭水之北的烟霞镇，有一个名叫袁家村的村庄。20 世纪 80 年代，这座村庄就声名远播，90 年代后影响越来越大。时任中共中央政治局常委李瑞环在袁家村视察时，为袁家村写下“劳动致富，无上光荣”八个大字。到 2007 年后，袁家村更火了。2014 年刘云山到袁家村与基层干部群众座谈，2017 年国庆十一黄金周袁家村累计客流量超 20 万人次。袁家村成为明星村，成为人们心中的重要精神家园，人们为什么要来袁家村？来袁家村干什么？ 那么就让我给大家讲讲袁家村的农耕文明故事。

论景色袁家村的自然景观比不上陕南那种山清水秀的村庄，但是袁家村却有自己独特的魅力。 袁家村又称“关中印象体验地”，这意味着袁家村不仅要勾连起人们对传统农耕文明的记忆，而且能于其中体会这种已经离我们而去的生活方式。 我曾经多次来到袁家村，一次来有一次的感受。 2017 年 4 月，我再次走进这个村庄。春天的袁家村外麦苗青青，油菜花开得黄灿灿，田园出现在我面前。

关中是中国农耕文明发祥地之一，后稷在这里教民稼穑，郑国渠灌溉出一个强大的秦国。 对中国人来讲，农耕就是奠定中华文明极其重要的文明形态。 从生态学上讲，农业能比采集狩猎更有效率地获取自然界通过光合作用储存的能量与资源，农耕者比采集狩猎者更自觉地介入自然环境，并自觉形成自己的生活方式。 然而近现代工业文明只有 250 多年的历史，却引起了社会的巨大变革，现在城镇不断在扩展，交通和通信创新不断地在改变着人际关系。 毋庸置疑，20 世纪末，世界大部分地区的农耕方式已经消失，即使东亚和非洲的大部分地区这种生活方式也正在衰落。 人们已经明显感到人口的迅速增长和资源耗费加剧，正在向整个生物界施加新的压力。 在《太阳底下的新鲜事：20 世纪人与环境的全球互动》一书中，约翰 · 麦克尼尔声称，从长远看，人类与环境的关系变化最终将成为 20 世纪人类历史上最重要的变化，21 世纪更是如此。 在这样的时代背景下，从 2007 年，袁家村开始搞乡村旅游，把村庄留下来了。目前这个村子是全国唯一一个村景一体、全民参与的4A级景区。走进城堡式的村子，沿村道路两边是集市，各种生活小商品琳琅满目，应有尽有，最多的是西红柿，农民声称这是他们自己种的，无公害，很好吃。我买了些吃了，果然如此。然后进村子，一块刻着袁家村——关中印象体验地旅游区导游图的木牌镶嵌在墙上，典型的关中民居建筑，青色瓦房，高大门楼，村内有渠，渠内有泉水，袁家村有山水格局意识。

走进街巷，关中农村景观一一呈现面前。一溜青砖瓦房分布在街道两边，一色的青砖铺地，头戴手帕、腰系围裙的关中妇女正在作坊里磨豆腐、做豆花、擀面、搓麻花，头戴瓜皮帽的老汉手拿油葫芦正在为顾客打油。刚想离开，卖油老汉高声说唱：

> 油香万里，万里油香，蜜蜂留步，百鸟欢唱，小桥流水，鱼儿游荡，万人茶馆，秋千飞扬，翠竹酒楼，梦幻无常，红灯高挂，如意吉祥，石板铺路，小吃两行，顾客盈门，饭好油香，回味无穷，袁家力量，最美乡村，无限风光，诚信待人，不骄不狂，乡党您好，把油捎上。

听到这铿锵有力的卖油歌不得不停下脚步，打上五六斤菜籽油，顺便和老汉拉上几句话。老汉叫董万东，博古通今，给你讲古，讲得人感觉袁家村历史很悠久。见识了油作坊榨油的全过程，听老汉给你讲周秦汉唐，然后到太宗槐下去喝童济茶。太宗槐是指唐太宗李世民在咸阳渭河之阳九嵕山麓狩猎时歇息过的一棵槐树。

清道光年间，遭雷电烧毁，21 世纪，盛世祥瑞，枯槐新生，枝繁叶茂、生机勃勃，人们感觉奇异，敬为神灵。童济茶是明清和民国时期，陕西泾阳县制作的一种茯茶，属于黑茶。看卖茶老汉呼哒呼哒地拉着风箱，炉子里的火苗越扇越旺，泾阳茯茶煮好，喝上一碗，嗑会儿瓜子，再听着线板腔，可抵十年尘梦。

袁家村

走累了，转饿了，便到小吃街上吃碗辣子蒜羊血，蒜调得多多的，辣子放得红艳艳的，醋多放，吃得头上冒汗，鼻尖出汗，感觉爽极了。或者到另一家喝个摔碗酒。摔碎了的黑瓷瓦片已经堆得像一座小山，那是人们喝完黑瓷碗里的酒后，将碗摔碎在这里堆积起来的，酒喝得豪迈，摔碗摔得干脆，足见关中人的豪气。记着要带这里的牛舌饼回去，甜咸两种口味任人挑选，味道绝对正宗，还有麻花，也不错。总之，关中农家饭袁家村做得特别精细，来时本来吃得饱饱的，可到这里还想再吃点啥，关键是味道正宗，吃着放心。

晚上如果不想走，就住在袁家村。华灯初上，喧嚣了一天的袁家村便宁静了许多，幽幽的黄光给青砖瓦房投下淡淡的影子，感觉这就是那个逝去已久的农家院落，门口有照壁，几杆翠竹掩映，石桌上摆着农家用具，院墙上挂着一串红辣椒，或者玉米。院子大门上有一副对联：天光直射月意横来，名画高悬古书平列。 横批：陕十三。 陕十三是陕西关中一种宴席，又叫十三花，据说有十三种菜肴，是关中人待客最丰盛的席面了，如果今晚留宿在袁家村的人多，那么不知道会不会有十三花招待大家。 院里海棠花开得正好，煞是美丽。 正屋里面摆放了很多书籍，晚上可以用来排遣寂寞。 清晨雄鸡高唱，在乡村的风里醒来，先到村外的麦田里感受一番田园味道，清晨的露水在麦子上滚来滚去，农田的风光也是人世间最美的景观之一。

在袁家村住民居、听秦腔、吃小吃，好像你也是袁家村村民之一。 在城市住得久了，远离了自然，远离了土地，其实也就是远离了一种人与天地融合的生活方式。 袁家村，这个关中印象体验地，是一个收藏传统农耕文明的博物馆，提供给我们走进这片土地体验或者回味的场景、情境，提供给我们直通中华民族农耕文明心脏深处的入口。 在我看来，我们要把保护和传承农耕文化作为保障人民健康生活的源泉，作为维系田园风光与乡村旅游的基石，推动农业向养生农业、健康休闲产业的跨越。 这是对中国农耕文明的弘扬，对千年中国农人智慧的传承。 要不然为什么平日里有近万人来体验袁家村生活，遇上节假日，如国庆、春节等长假，袁家村客流量高达20万人次。 人们都在寻找一个梦，一个正在消失或已消失的梦。袁家村是关中平原一个很小的村子，只有62户，不到300人，却汇集了1000多个创客，也就是说有1000多人在袁家村投资、开店、做生意，吸纳了周边村民及外地3000多人就业。 到2017年，袁家村接待游客超过 500 万人，旅游总收入 3.8 亿元，村民人均纯收入在 10 万元以上。那么袁家村靠什么立足？

在我的袁家村故事里还要讲两份独特的村民承诺书：

第一份

袁家村豆腐安全承诺书

我是袁家村卢记豆腐社长卢小康。

袁家村卢记豆腐合作社生产的豆腐没有秘密，也没有什么诀窍。袁家村老豆腐选用东北五常“付老四”优质黄豆，采用传统工艺（浆水点制），用良心制作而成。我承诺：以上所说句句属实，欢迎大家共同监督，如有疑问，请联系豆腐合作社社长卢小康。

欢迎大家更深地了解袁家村老豆腐，了解不一样的袁家村。

监督单位：烟霞镇袁家村村委会

袁家卢记豆腐合作社

2016 年 4 月 21 日

第二份

原材料追求：

本店面粉选用半山区优质小麦，辣子、菜油、醋、大料等，均由袁家村作坊加工而成。手工搓搓是关中人非常喜爱的美食之一，纯手工制作。

店主郑重承诺：

真材实料，良心制作。

这两份农民食品安全承诺书是中国农民捍卫食品安全的见证。袁家村搞乡村旅游业是从食品开始做起的，所谓民以食为天，食以安为好。这些年各种假冒伪劣产品冲击中国市场，还有农业使用的化肥，土壤条件的变化，环境的污染使人们的食品安全成为一个严峻的问题，病从口入。以我关中人的身份和饮食经验，评价袁家村食品，精致、正宗。袁家村的食品绝大多数要比市场上贵些，但是小吃一条街上，每家的小吃都很好吃，不仅精工细作，而且保证原材料健康安全。我去时正值中午，熙熙攘攘的人群挤在这条街上，上百种关中小吃摆在沿街商铺里，每一家门口都坐满了人，食品的制作工艺一目了然。这没有什么稀奇的，稀奇的是袁家村人敢对食品的安全做出郑重承诺。豆腐社长卢小康说自己做豆腐没有秘密、没有诀窍，好吃是因为自家的豆腐是用心做出来的。

第二份承诺书实际就是保证书。写承诺书的农民，显然文化程度不高，但是他的承诺很朴实。他是带着诚意在做生意。

袁家村农民捍卫食品安全，这个行为本身就具有深刻的意义。农民是农副产品的生产者，由他们来捍卫食品安全就是从根基上来保证食品安全。然而，在当代中国食品安全问题最集中的还在于第二产业出了问题，仅仅农民的捍卫也只是小范围的，对食品安全的捍卫需要的是全社会力量，袁家村农民的呐喊只是其中一部分。食品安全问题反映的是人们的思想观念问题，深层次的精神问题需要我们在精神层面来解决。再讲个农村包围城市的故事。袁家村走的是依村庄发展，走乡村振兴的道路。那么怎么立足？就是把村子留住，把农民留住，这就能把中国农耕文明的根留住。袁家村把人们吸引到真正的村庄上来，让人们体验影响中国几千年的农耕文明。现在模仿袁家村的非常多，有成功的，也有失败的，问失败的原因是什么？学习复制袁家村都是以个人营利为目的。很多农家乐不敢进村去发展，往往是找一块荒地卖小吃，没有长打算。农民致富问题从小的角度讲是个人致富发财，而往大里说，是探索中国农民发展的道路问题。农村发展的核心是产业，产业主体必须是农民。袁家村在十年时间里增加农民收入，改善农村环境，然而农民又是制约发展的因素，所以他们专门成立农民学校。解放农民思想问题，教他们怎么去挣钱。十年来，袁家村最大的收获是村民整体素质的提高。袁家村从头至尾打的农字旗号，农业、农村、农民，总体讲中国农耕文明，信息时代正在风生水起，农业、农民、农村怎么办？

中国农民的出路在哪里？一方面立足村庄是根基，进城去创业是目标。袁家村的发展经历了从集体化生产农业合作社到 20 世纪 80 年代的乡镇企业的发展，也就是说没有在前村支书郭裕禄手中搞乡镇企业的积累就不会有今天的袁家村。所以他们下大功夫将袁家村村庄、民居、田园、饮食保留下来，这个前面已经讲很多了，不再赘述。下面讲他们的进城去创业。要让中国市场充斥着袁家村产品，这就是今天袁家村发展的方向。现在西安已经有了不少袁家村店，关中其他的一些城市也有了袁家村店，这是一种积极主动的发展城乡关系的尝试。自从 20 世纪 90 年代城市化进程不断推进以来，进城打工成为中国社会最大的一股社会潮流，农民工是中国农民在新时期下产生的一个概念，从进城打工到进城创业，中国农民在城市的身份由被动转化为主动，中国农村今后的发展还应该是向田园式方向发展。

袁家村人有很大的创业理想和目标，袁家村关中印象体验地为农民创业创造了平台。我们在村子里转的时候，发现街市上卖商品的农民绝大多数是周边村庄的农民。袁家村的发展带动的不只是一个村子，而是周边很多村庄。当代中国农民要完全享受中国高速经济增长的成果，那么每年就必须新创造出数以千万计的非农业就业机会。“都是老板，但也消灭老板。”村副主任小张告诉我，“袁家村人个个都是老板，但是个个都身体力行参加生产劳动。”店是你开的，但你必须亲自来做，不允许雇人来做。小张讲，袁家村现在搞起旅游业，大家的收入大大增加了，但是差距不能太大。他举了一个例子：现在袁家村酸奶作坊生意非常好，一年挣几十万不成问题。而当村委会看到酸奶能挣钱了，就把它改成合作社，村委会将酸奶作坊改成合作社，目的是杜绝个别人暴富的现象，带领群众共同致富。

袁家村为啥这么吸引人？我认为是因为有两个自信的村支书，一个是“歪得狠”的郭裕禄，一个是“张得不得了”的郭占武，还有一个走创新之路的智囊团。那天我到新创建的“诗经里”去考察，一位朋友跟我说，他老家有人想到袁家村去学习，回去也想开个农家乐。我说袁家村学不了，因为袁家村是有先进思想和理念的。袁家村从20世纪70年代到今天，领导核心是村党支部。近半个世纪的时间，党支部在村里发挥的作用是巨大的，袁家村经历了郭裕禄和郭占武两任党支部书记。按照和郭裕禄打过交道的村民们讲，老书记现在虽然年岁大了，但是威望很高，只要老书记从这街上走一遭，大家都会肃然起敬。用关中土话讲，老书记“睁眼”呢。睁眼就是能翻脸，敢批、敢骂的意思。村里的董万东老人在他的小本本上写着：

> 老书记，脾气不好，心地善良。说是钉子便是铁，一气热包子，把一个吃粮返销，喂牛用麦秸照亮，一年分长短的穷村搞成了人间天堂，群众富得流油。出行有小车，票子银行存，住房宽又敞，饭菜甜又香，健康长寿度时光。习主席讲：人民对美好生活的向往，这就是我们共产党人工作的目的。我们的干部，汇报工作时，要笑，不要哭。老书记始终记住了这一点。人们常说：能行不能行，白馍蒸下了，十三花席摆下了。这是袁家村的现实。自盘古开天地，像袁家村搞得这样好的，是为数不多的，是独一无二的。

我听郭占武在各种场合里讲“人们都在复制袁家村，但我以为袁家村无法复制，因为他们复制不了我郭占武”。我觉得这话是对的。袁家村思想理念很强，不断地在推陈出新，他们是用思想理念在指导行动。一个只有286人的村，一个能带动周边十余村致富的村，一个最高日游客接待量达18万人次的村，一个年游客量超过

300 万人次的村，一个酸奶铺子年利润超千万的村，一个年收入超过10 亿元的村——袁家村。袁家村还有一个特色就是开放，敢于向任何人开放，而开放又源于自信。这是中国自信，中国农耕文明的自信。又有朋友来了，请我陪同去袁家村，我欣然应允，不禁吟了首孟浩然的诗，再去袁家村：

故人具鸡黍，邀我至田家。绿树村边合，青山郭外斜。

开轩面场圃，把酒话桑麻。待到重阳日，还来就菊花。

HELUO GUSHI

河洛故事

一部黄河史就是一部泛滥史和一部改道史。

一部黄河史就是一部人与河的斗争史。

伊、洛、瀍、涧水资源滋养了河洛平原，夏、殷商、西周、东周、东汉、曹魏、西晋、北魏、隋、唐、后梁、后唐、后晋相继在洛阳建都。沟通南北的隋唐大运河在洛阳开始了它的航程。中原地区诞生了最早的中国，也流淌着新时代的黄河。

壹

河洛故事

飞驰的高铁与衰落的洛阳漕运

从西安北站乘坐高铁到洛阳龙门高铁站，大约需要一个半小时。我在互联网上发现，一天大概有超 80 趟高铁或火车从西安开往洛阳。由此可见，两座城市地理位置之近，交通之便利。近年来，中国高铁的迅猛发展，朝发朝至已不是什么梦想，乘坐高铁，从西安到洛阳，和我从西安回老家咸阳，所需的时间是一样的。惊叹！20 世纪 80 年代，从西安到洛阳乘火车需要 8 个小时，如今真可谓风驰电掣，一个半小时便可在洛阳游转了。师兄刘保亮在洛阳理工学院供职，他已经多次邀请我到洛阳。他调侃地说从西安早上早点坐车，9 点钟就可赶到洛阳，和他一起喝牛肉汤了。虽是玩笑话，但高铁缩短了人们出行时间，扩大了人们的生活空间却是无疑的。历史上的东西二京就这样被一条铁路连接在一起。人们的视野越来越开阔，行走的地域越来越辽远，中国速度创造了当代中国人日新月异的生活，来场说走就走的旅行或者文化考察，全在自己的一念之间。

西方史书上把1848年到1875年这段时期称为西方的“经济革命”时期：铁路横跨欧洲和北美，苏伊士运河开凿，新型大都市涌现，数千万人移民，英国工业革命达到顶峰，美、法、德工业革命随之展开。人类的每一次革命都会带来生活的变迁。1964年秋，当世界第一条高速铁路在东京与大阪之间开通时，火车之旅的新纪元已经开启。高速铁路线的概念从诞生起，就不仅让旅客更快地旅游，也通过提供全新的路线极大地提高了运输能力。拥有高速铁路对于一个国家具有象征意义，正如过去的航空一样。可以想象，如今如果没有高速铁路图，一个国家的旅游手册肯定会不完整。2008年10月，我国国家发展和改革委员会批准了《中长期铁路网规划（2008年调整）》，轨道发展被视为国家经济战略的关键。2016年12月我第一次去洛阳，错过了已经买好的高铁票，不过很快就改签到了下辆车，比我错过的车晚20分钟到达洛阳。

洛阳这座城市有洛水穿城而过，故名洛阳。如今的洛阳早已没有隋唐时期的辉煌壮丽，但无论对中国人，还是对外国人来讲，洛阳都是一座不可忽视的城市。从现代角度看，北京、上海堪称两座国际化大都市，而对古代中国而言，长安与洛阳不也是“双子星座”吗？周王建都镐京，制礼却诞生在洛邑。周公测天下之中在封登，河南自然而然成为中原之地，就连河南方言里的“中”，都体现出河南人强烈的天下之中的意识。隋时，文帝建大兴城（长安），炀帝建洛阳，隋唐两京制使得长安与洛阳长期以来处于并称地位，这种城市建制对日本都有影响。日本平安时代（794—1185 年）的首都平安京（京都）的规划直接仿照唐两京——长安城和洛阳城，为左京“洛阳”，右京“长安”两部分。因为右京多为沼泽，逐渐式微，京都就有了洛阳、京洛的称谓，并且沿用至今。

武则天称帝后，于公元 684 年迁都洛阳，改东都为神都，并迁十万户居民入洛阳，从而使洛阳成为当时亚洲第一大都会。洛阳城非常有特色的地方在于城市中轴线上有著名的“七天”地标。从定鼎门直至龙门分别是天阙、天街、天津、天枢、天门（应天门）、天宫（明堂）、天堂。天阙即龙门伊阙，位于中轴线的最南端，对应天上的“天阙星座”。天街即定鼎门大街，连接宫城正门和郭城正南门“定鼎门”的御道，有天子之街的意思。天津即天津桥，洛阳就像天帝的居所“紫薇宫”，洛水就像“银河”，其上之桥寓意可以通向天庭，故名“天津桥”。天枢立于皇城正门端门外，对应天上的天枢星。天门即宫城正门应天门。天宫即明堂，初号“万象神宫”，是中国历史上著名的礼制建筑，为武则天所建。天堂为武则天礼佛之处，又称“通天塔”，建筑外观五层，内有九层，象征天子九五之尊的地位。

首先去拜谒定鼎门，冬日的阳光将这座世界文化遗产照耀得异常温暖，城阙前的城市广场上，三三两两的人们在这里散步。定鼎门始建于公元 605 年，隋代称“建国门”，唐时改为“定鼎门”，见证了东方农耕文明的鼎盛时期，展现了唐代都城文化的礼制特征。今天定鼎门遗址上已建成一座巨大的遗址保护建筑群，与大唐西市博物馆里看到的遗址有些相似，同样讲唐乐舞、说城市里的多国商人，炫耀中华的丝绸，看到长长的丝绸之路路线图，长安与洛阳是丝绸之路上两个重要点，代表着黄河流域的中国人走向世界的决心和信心。下到定鼎门城阙最底层，这里保留着当年繁华之极时杂乱的车辙、马蹄、骆驼足印。一个直径 20 厘米的动物蹄印引人注目，后经专家鉴定为骆驼蹄印，可以想象到那个时候洛阳城中定鼎门里人声鼎沸、车水马龙，喧嚣嘈杂的情景。

洛阳龙门

龙门石窟

从定鼎门一路向北，正对的龙门，又称伊阙。中国大地上凡称作龙门的地方大多与大禹治水有关。洛阳龙门据说是大禹治水时劈开的一条缺口，伊水便从中流过，伊洛两边分别是东西二山。龙门石窟就坐落在西山上，历经西魏、东魏、北齐、隋、唐、五代的营造，形成长达 1 千米，大约有 2300 余座窟龛、10 万余尊造像、2800 余块碑刻题记的石窟遗址，其中有著名的“龙门二十品”和褚遂良的“伊阙佛龛之碑”。因为有伊水环绕，龙门石窟仿佛沉浸在水乡世界里，多了几分旖旎，有了几分妩媚。一路走来，看宾阳中洞，北魏皇家贵族发愿造像在这里最集中。继续攀登，奉先寺出现，一组巨大的唐代开凿的佛像雕塑呈现在眼前，卢舍那大佛气势轩昂、丰颐秀目、雍容大度，阿难秀气温顺，迦叶持重，二菩萨盛装艳服，天王雄伟，力士勇猛，为当年皇后武则天捐助脂粉钱两万贯所凿，大唐王朝的雄浑阔大之气尽显，堪称中国唐代佛教雕刻艺术的杰作。

从西山过桥到东山，回望东山，夕阳下，伊河波光滟滟，密密麻麻的洞窟如蜂窝般，初识卢舍那大佛的瞬间震撼在那一刻回味起来真是无穷，近处灌木留下绝美剪影。陡然间理解了大同云冈石窟与龙门石窟之间的关系，拓跋魏从山西平城迁都到洛阳，一个王朝留下了两座举世瞩目的石窟艺术，看似地理空间遥远，实际出自同样的心胸和手笔。中华民族在黄河流域以海纳百川的精神融合了多民族，从拓跋魏到李唐，鲜卑人将他的豪情发挥得淋漓尽致。东山上香山寺是武周时代为安置印度高僧地婆诃罗的遗身而建立的一座佛寺。唐代诗人白居易纵情龙门山水，常来东山，如今我踏着时代的步履来到龙门，碧水荡漾的龙门在夜色中逐渐沉寂静谧，历史与现在融合在一起。

事实上，古洛阳城最重要的创新体现在隋王朝对水运的重视。

洛阳是隋唐大运河的中心，穿城而过的洛河，就是一段活着的运河——隋唐大运河通济渠的渠首就在这里。如今在洛阳城外还有隋时修建的回洛仓，即今天的瀍河回族区小李村、马坡村以西，隋亡后不久便被废弃。含嘉仓是唐朝的国家粮仓，吸取隋亡的历史教训，含嘉仓设在隋唐洛阳城东城之北。含嘉仓是唐代第一大粮仓，其命运与隋唐大运河的命运息息相关。含嘉仓不仅是唐朝储粮之地，也是漕运码头。如今看回洛仓与含嘉仓两个大运河世界文化遗产遗址，仿佛可见隋唐时期洛阳漕运的兴盛。从隋代开始，长江中下游地区经济的发展在全国地位日益重要，而此时中国政治中心始终在黄河流域，边防重镇又在北方，因此，加强三者之间的联系便是隋王朝的重要事务。水运是最廉价的运输方法，于是在黄淮海平原上修凿贯通南北的大运河，便在隋时越来越迫在眉睫。隋炀帝即位后，将政治中心从大兴（长安）移至洛阳，修凿以洛阳为中心的南北大运河成为当时首要任务。大业元年（605 年）隋炀帝征发河南、淮北百余万人开“通济渠”。

大运河分为四段。第一段是通济渠，通济渠连接了洛水与淮河，然后通过一条以前存在的旧河道在扬州附近汇入长江。第二段是邗沟，南起扬州以南的长江，北至淮安以北的淮河，沟通了长江和淮河两大水系。大运河的第三段为永济渠，起于洛阳附近的洛水、黄河交汇处，向东北流往北京近郊。大运河的最后一段江南运河，很大程度上也是沿着前代运河路线，始于京口（今镇江）附近的长江，沿江南河到杭州湾头的余杭。大运河各段中唯有永济渠包含有重要的新开凿的渠道。它把东北部地区与中原连接起来，再和南方连通。大运河因此连接了中国几乎每个区域，正如7世纪官员崔融所描述：

> 且如天下诸津，舟航所聚，旁通巴汉。前指闽越，七泽十薮，三江五湖，控引河洛，兼包淮海，弘舸巨舰，千轴万艘，交贸往还，昧旦永日……一朝失利，则万商废业；万商废业，则人不聊生。[①]

隋炀帝在这座城市里首开运河，洛河里千帆相竞，百舸争流，洛阳这座城市也就和江南、东北联系起来。

唐代诗人张籍在《相和歌辞·贾客乐》里写道："金陵向西贾客多，船中生长乐风波。欲发移船近江口，船头祭神各浇酒。停杯共说远行期，入蜀经蛮远别离。金多众中为上客，夜夜算缗眠独迟。秋江初月猩猩语，孤帆夜发满湘渚。水工持楫防暗滩，直过山边及前侣。年年逐利西复东，姓名不在县籍中。农夫税多长辛苦，弃业长为贩卖翁。"漕运带给行商们新的生活方式，这些商人乘坐自己的舟船，沿着运河游走，寻找获利的良机。如今古代的交通运输方式，已被四通八达的高铁代替，从西安到洛阳只用一个半小时，并且更多的人不是去做生意，而是去旅游观光。交通手段的变化让人的一生可以去许多古人不敢想的地域，或者说我们在不断地变迁着生活空间，不断地在感受其他地域的生活方

①陆威仪.世界性的帝国：唐朝[M].张晓东，冯世明，译.北京：中信出版集团，2016：20.

式。早上可以早点乘车到洛阳喝牛肉汤，或者驴肉、丸子、豆腐汤等。人们每天早晨喝着各类汤，不仅仅为果腹，而且为滋养一分安逸和闲适。高铁到洛阳的这一站命名为洛阳龙门站，人们蜂拥到这里了解中国的历史，承载历史的是中国飞速发展的高铁技术。而这只是一个龙门而已，中国现代四通八达的高铁网络将城市之间的距离拉近，我们的视野更宽阔，越来越多的不可能将成为可能。

贰

河洛故事

从『江湖有鱼』到河洛康家

人们常讲“生于苏杭，葬于北邙”，邙山常伴于我在中原考察的日子里。邙山基本上是土山，但在巩义伊洛河镇大力山下却是石山，这为开凿石窟创造了条件。北魏孝文帝时的希玄寺，隋唐时净土寺就在这里。现存5个洞窟，摩崖大像3尊，佛龛300多个，题记200多片，千佛龛1个，各类造像7700余尊，其中最精美的是6幅帝后礼佛图，堪称国宝，还有一对造型完美的飞天。石窟前立有一块石碑，上写河洛神迹，同时镌刻了一首诗：“石窟二千年，精巧夺天然。满座半残废，神话犹相传。彼姝殊自乐，裸舞何蹁跹，万载邙山下，过客辄流连。东望多感慨，国难重在肩。边城烽火急，壮士应催鞭。”落款是：陆军第一六六师步兵第二旅第三团第二营营长叶金饶题，中华民国二十六年岁次丁丑孟秋月吉日。1937 年卢沟桥事变爆发，第一战区国民党一六六师，在河北、山东一带与日军对阵，河北沦陷后，一六六师退防黄河沿线。时任陆军第一六六师步兵第二旅第三团第二营营长黄埔军校生叶金饶，游览巩义石窟，壮怀激烈，写下这首诗。1940 年叶在南阳写下另一首怀诸葛亮的古体诗："森森古柏满隆冈，抱膝长吟遗草堂。汉王何因三顾切？只缘国难思贤良。羽扇纶巾功业存，三分天下未全吞。孤忠尽在出师表，万世犹悲五丈原。空城还怕是奇谋，仲达虚惊竟摸头。追忆如公今尚在，东倭安敢窥神州。"抗战期间，"国破山河在，城春草木深"。河南是抗战重要战场，叶金饶在此览胜留诗，表明心迹，深感抗日战争在每个中国人心中留下深刻印记，这是中华民族自近代以来抵御外族入侵第一次取得全面胜利的战争，中原喋血历久仍新，黄河岸边的中华民族强国梦今天终于不再遥远无期。耳边已听不到枪炮声，中原大地的清晨一轮朝阳冉冉而升。

2017 年的元月我踏入中原大地，来到巩义市河洛镇神北村。一进入中原大地，黄河大堤就显得非常重要。"神北村有神堤控导工程，距巩义市区 13 千米，上距裴峪工程 10 千米，下首即为伊洛河入黄口。工程始建于 1974 年，修筑有 8—23 坝 16 个单位工程，属于地方民建，1978 年移交给黄河河务部门管理。2000 年持建 1—7 垛及 24—28 坝，2005 年修筑上延 1 垛—上延 3 垛。2008 年又对 24—28 坝进行了取直加长改建。工程共有丁坝 21 道，垛

10个，工程长度2879米，裹护长4088米。为了方便伊洛河出流并保持‘河洛汇流’的景观。目前规划项目有续建工程29—32坝，工程长400米，为钢筋混凝土灌注桩坝。”读了这段介绍神堤控导工程的文字，对这段黄河治理情况有了初步了解。黄河到巩义以西的孟津基本上就是中下游的分界线，治黄问题非常严峻。这么多控导工程，说明河道在此不稳，而这个地方正是出河图洛书的地方。《水经注校证》里载：

洛水，成皋西入河是也，谓之洛汭。……黄帝东巡河，过洛，修坛沉璧，受龙图于河，龟书于洛，赤文篆字。尧帝又修坛河、洛，择良即沉，荣光出河，休气四塞。白云起，回风逝，赤文绿色，广袤九尺，负理平上，有列星之分，七政之度。帝王录记兴亡之数，以授之尧。舜又习尧礼，沉书于日稷，赤光起，玄龟负书至于稷下，荣光休至，黄龙卷甲，舒图坛畔，赤文绿错以授舜。舜以禅禹。殷汤东观于洛，习礼尧坛，降璧三沉，荣光不起，黄鱼双跃，出济于坛，黑乌以浴，随鱼亦上，化为黑玉赤了之书，黑龟赤文之题也。汤以伐桀，故《春秋说题辞》曰：河以通乾出天苞，洛以流坤吐地符，王者沉礼焉。[①]

关于河图洛书出现的地方，有学者认为，应发生在巩义市东北洛水入黄河处，就是现在河洛镇神北村伊洛河入黄处。我们一行一直顺着伊洛河沿岸行走，逐渐看到伊洛河转了个弯，眼前出现辽阔的

①郦道元．水经注校证[M]．陈桥驿，校证．北京：中华书局，2013：357.

伊洛河入黄处

河面。见到黄河啦，大家兴奋地叫着。伊洛河入黄处河面宽阔，伊洛河水清，黄河水黄，慢慢地两条河流混在一起。

冬日的伊洛河入黄处人还不少，一群人蹲在那钓鱼，坝上放着几辆摩托车，不远处是黄河大桥。河边清风凛凛，有些生冷、清凉，两只大铁船停泊在黄河岸边。岸堤是由一块块巨大的石块堆成的堤坝，大型机械在岸边停着，黄河坝堤工程仍在修筑中。顺着河对面的土路下去，有片长满枯草的荒地，一位中年男人在那里收拾鸡舍，走过去与他攀谈，方知道他是河里其中一条铁船的主人，巩义市的市民，在黄河边开了家水上饭馆，生意不错。现在快近年关，饭馆休假，只等来年开春红红火火地做生意。这时我想起刚才走进岸堤时看到的门楼，上面有副对联写得有意思，上联是：山好好，水好好，开门一笑无烦恼；下联是：来匆匆，去匆匆，饮酒几杯各西东；横批是：江湖有鱼。下面最下角有四个小字：船上酒店。看来就是这里的老板为船上酒店打的广告。我们提出到他的船上去看看，他很爽快地答应了。这是个两层水上餐厅，坐在雅间，可看见

船上酒店入口

黄河。刚才看见的黄河岸边打鱼人恐怕也为这家船上酒店提供过水产。

野生、新鲜是今天中国人在饮食方面的新追求。越土越好，成为今天城市人体验农家生活的追求，黄河上的餐馆菜单最突出的特色是黄河水产，尤其是黄河鲤。黄河鲤的美味自古闻名，据垂钓者说这些年随着黄河治理，河水由浊变清，水质由坏变好，鱼虾大量滋生，黄河鲤也大量涌入河道，垂钓的人自然多了。在这里开饭馆卖黄河水产生意就越来越好。刚在门楼上看到的那副对联最后横批是“江湖有鱼”，过去中国人讲，人在江湖，身不由己，现在人在江湖，天天有鱼（余）。“江湖有鱼”老板说，这里游客众多，当地农民也来。而据村民反映，80 年代，这里水质非常差，村民常得怪病，主要原因就是巩义的企业污水排放对黄河水有污染，近年环保意识强了，河水净化、治理跟上了，水质条件得到改善，鱼虾增多。

站在神北村神导控制工程的一个坝堤上向前方望去，前面是伊洛大桥，桥上车辆来来往往，坝下一群垂钓者在钓鱼，打鱼船在河道里穿梭，两艘大铁船停泊河边，老百姓的生活真的是有“鱼”了。春天或者盛夏时节，人们开着私家车，携妻带子，或者呼朋引伴来到黄河岸边，在“江湖有鱼”大铁船上边欣赏黄河景色，边品味黄河美味，靠山吃山，靠水吃水，靠着黄河人们享受生活的富裕和幸福。

真是“山好好，水好好，开门一笑无烦恼；来匆匆，去匆匆，饮酒几杯各西东”。如果此时有饭有酒，我们吃喝完毕，再奔前程。

“我就是康百万所在的那个乡镇的，但在邙山岭后黄河岸边的于沟村，对面就是温县陈家沟。您今天去的那个伊洛入黄所在地就是河图洛书发祥地，也是我表哥马晓天的老家，我念小学前有时会跟着奶奶去他家串亲戚，我奶小脚老太带着我沿着黄河边羊肠小道走，下面就是汹涌黄河，吓死人了。”这是我去过康百万庄园后，一位微友在朋友圈看到了康百万庄园的照片给我的留言。我感动极了，有关黄河的故事还那么多！在黄河两岸，大河上下有无数个家庭，这些家庭每个都有自己的家庭故事，或者是家族故事。有的是人丁单薄的小家，有的是家族绵延悠久的大家族。它们的存在支撑起中国这个名字。我的这位微友给我发来康百万庄园顶上张岭村，邙山后黄河边的于沟村的照片。图片上的村庄很破败，据朋友讲，族人早几十年就迁出老宅，分布全国各地了，而河洛康家何尝不是这样？

河洛康家就是建造康百万庄园的家族。这座庄园位于河南省巩义市康店镇，始建于明末清初，是十七八世纪华北堡垒式建筑代表。庄园背依邙山，前有洛河，有金龟探水之美誉。依山筑窑洞，临街建楼房，滨河设码头，据险垒寨墙，康百万庄园充分发挥因势而建筑的优势。明洪武年间，康家先祖在巩县（今巩义市）康店镇洛河边安家，为解决温饱问题，在洛河岸边开了一家小饭馆，人称康家店。康家的崛起源于门前的洛河。经过几代的努力，康家在康店镇稳定下来。在六世祖康绍敬手中崛起，康绍敬以家临洛水、黄河之利，靠漕运在山东、河南、陕西一带做生意，船行六河（洛河、黄河、隋唐大运河巩义段、泾河、渭河、沂河），日进千金，家资百万，土地达 18 万亩。民间称其“头枕泾阳、西安，脚踏临沂、济南，马跑千里不吃别家草，人行千里尽是康家田”。从此之后，400 多年间，曾有 10 多位康家人被称为“康百万”，康绍敬、康大勇、康鸿猷、康廷兰等，其中最著名的是清末的康应魁。1900 年，八国联军入侵北京。慈禧太后携光绪皇帝逃至西安，两宫回銮经过巩义时，清廷已到山穷水尽的地步。就在这时，康家掌柜康应魁向慈禧太后捐献百万两银子，获得“康百万”的称谓，也因此康家大伤元气。我所思考的是，从明到清，拥有 400 多年历史的家族靠什么绵延下来？

我在河洛康家寻找这个 400 年大家族续存的秘密。这个宅院除了住宅，还有溜马场、木材场、作坊、造船场、林场，还有祠堂、戏台、寺庙、砖场，菜园、花园，整个庄园应有尽有。河洛康家是靠水路运输发家的，康百万庄园主宅区一院过厅悬挂有一块黄杨木雕刻的“留余匾”，这就是著名的“四留铭”：“留有余，不尽之巧以还造化；留有余，不尽之禄以还朝廷；留有余，不尽之财以还百姓；留有余，不尽之福以还子孙。……”上留天，下留地，留给民、留给子孙，劝人做事不要做尽，显示出儒家的中庸之道，道家的水满则溢的道理，河洛康家四百年基业绵延，正是靠这种家教文化支撑。

严谨的家风、宽厚仁德的家教，聚合了十二代人的力量，支撑起河洛康家长盛 400 年的神话。也是“财不可露尽，势不可使尽”的中庸思想的集中体现。记得庄园大门口有副对联：富甲神州帆影物流三千里，德崇河洛光风霁月四百年。河洛康家400多年在洛河里驰骋纵横，三千里洛河里百舸争流，千帆竞渡，康家厚德载物的家训确保家族400年不衰。一时间，很多家训文化涌上心头，《颜氏家训》、诸葛亮《诫子书》、《朱子家训》，这些家训中包含了丰富的伦理道德教化内容。对于中国人，家不仅为一个人提供最初的生活资源，更为其提供精神养分，家对子弟族众的影响，既有尊长的言传身教，也有家训家规的影响。天长日久，一个家庭会形成自己的家庭风气。中国是个重家庭、家族的国家，讲究修身、齐家、治国、平天下。治理国家，如同管理家庭，这种家国同构的文化基因让我们看到中国文化的魅力。河洛康家延续的400年间，中国处于明清时期，明清商人崛起并深刻影响社会文化，河洛康家自然是无数明清商人中一个优秀的家族。河洛康家以厚德、留有余的家风文化为中原豫商谱写了一曲精神之歌。

今天河洛康家门前的洛河水依然在流淌，但是河里早没有了帆船、岸边没了码头，水运交通已经完全衰落了，沿河公路上大型货车来来往往，当代中国早已经进入公路交通时代，但是河洛康家的家训思想作为中华传统文化的宝藏之一流传下来，滋养着中原大地，也滋养着中华民族。康家已成为后世人参观、感慨的场所，感慨它设计的精良，商业的广大，今天的中国，正需要这样的文化保证人与人之间的和平友好相处，重义好气。因为厚德，才能载物。

叁

小浪底、黄河鲤与黄河清

1952年毛泽东视察黄河时发出“要把黄河的事情办好”的号召，之后，小浪底工程就在勘测、规划、设计之中。1955年7月18日，邓子恢副总理在第一届全国人民代表大会第二次全体会议上作了题为《关于根治黄河水害和开发黄河水利的综合规划报告》的汇报，小浪底工程作为梯级开发项目之一被列入该综合规划，同年7月30日，大会通过了《关于根治黄河水害和开发黄河水利的综合规划的决议》。小浪底位于河南省洛阳市孟津县，是黄河从中游向下游过渡的一个重要地域。因夏朝为孟涂氏封国，谓“孟地”，其地置津，故称“孟津”。黄河经三门峡至孟津，经中条山、崤山之间，进入最后一段峡谷，经小浪底出峡至桃花峪为低山黄土丘陵区，然后进入下游冲积平原。小浪底是黄河在中上游最后一个筑坝有利的地域，对防洪、减淤、发电、灌溉和防凌都有重要作用。因此，兴建小浪底水利枢纽对治理开发黄河和社会主义现代化建设具有重要的战略意义。

小浪底水利枢纽

小浪底水利枢纽工程是国家“八五”重点项目，上距三门峡水库130千米，下距郑州花园口128千米，是黄河干流三门峡以下唯一能够取得较大库容的控制性工程。1991年9月1日开始前期准备工作，累计投资12.99亿元，土石方2122万立方米，混凝土17万立方米。1997年10月28日小浪底截流，2001年1月底竣工，2002年7月进行洪水实验，以每秒2600立方米大流量，持续放水11天，对下游地上河进行冲刷减淤，取得了良好的效果。2009年4月8日通过国家竣工验收。小浪底工程建成后，当水库上游发生1000年一遇洪水时，可利用小浪底40.5亿立方米的长期有效防洪库容和三门峡、陆浑、故县水库联合调度，使花园口的洪峰流量降为每秒22600立方米（相当于60年一遇洪水）。小浪底工程建成后使黄河下游的防洪能力进一步提高。小浪底工程拦截泥沙和调水调沙，可减少下游河床淤泥78亿吨，使黄河下游河床20—25年基本不淤积抬高。可提高4000万亩耕地灌溉保证率，改善下游灌溉条件。6台30万千瓦机组，总装机容量180万千瓦，多年平均发电量51亿千瓦时，调峰补谷保证电网安全，为中原地区的国民经济建设和城乡人民生活提供强大电能。

2017年4月，春雨纷纷中我来到小浪底水库，雨水给中原大地增添了秀美的景色，渐渐看到红色的山体，地势越来越险峻，小浪底水库呈现在我们面前。从西门入，站在大坝上，放眼望去，库水青碧，不远处的青山绵绵。我先参观了黄河小浪底爱国主义教育基地，了解了小浪底人修筑水库的全过程。出基地顺着大坝一路下坡，两边青松排列，走了约30分钟的台阶，下到坝底，下面空间很大，需要坐电瓶车到大坝岸堤。在这里感受到"高峡出平湖"诗句的深意。眼前的小浪底库水幽静，湖心岛绿树环绕，樱花缤纷。小浪底水库已建成花园式库区。

小浪底水库

大坝全长 1667 米，坝顶宽 15 米，最大坝底宽度 864 米，最大坝体高度 154 米，坝体填筑总量 5185 万立方米，外面是赭红色山石堆成，水库总库容量 126.5 亿立方米。小浪底水库正常蓄水位 275 米，此时淹没影响面积 277.8 平方千米，施工区占地 23.33 平方千米，涉及河南、山西两省的济源、孟津、新安、渑池、陕县、平陆、夏县、垣曲 8 县（市）33 个乡镇，期间移民 20 万人，移民工程是仅次于长江三峡的大型移民工程。小浪底水库移民项目以大农业安置为主，第二、第三产业为辅，走整建制搬迁开发性移民的道路。小浪底工程分为三大标段：一标是由意大利的英波吉罗公司为责任方承建的大坝工程标，二标是由德国的旭普林公司为责任方承建的泄洪排沙系统标，三标是由法国的杜美兹公司承建的引水发电系统标。在左岸约 1.2 千米的单薄山体中，一共开凿了 100 多个洞室，包括发电洞、排沙洞、明流洞、泄洪洞、交通洞、灌浆洞、排水洞、通风洞竖井等，工程规模巨大、结构复杂、施工难度大，创造了多项世界之最。37 个中国施工单位参加小浪底水利枢纽工程建设，多国联合完成，小浪底水利枢纽工程是中国历史上第一个全方位与国际建设管理接轨的综合性水利工程。

春天的小浪底水库高峡平湖，一座吊桥横亘在坝上，师兄讲上次自己还走过它，如今不让人上了，只有水文测量工作者才可上这座吊桥，没走几步，又一座横跨两岸的黄河大桥出现在我们的视野里。我们从大坝的这边走到那边，登上观景台。小浪底水库有 272 平方千米的浩瀚水域，景色秀丽，山水交融，湖心岛区鸟语花香、佳木成荫，工程纪念区的大型雕塑和椭圆形广场，构成了库区独特的自然人文风光。而最壮美的景观是在每年7月间的泄洪排沙季节，金色的黄沙从排沙洞内喷射而出，巨大的水流瞬间奔涌，甚是壮观、震撼。可惜，在春季看不到这样的景观。毋庸置疑，中国人民治黄在小浪底水库这里取得成功。20世纪黄河的历史不只是现代工程技术传播与发展的过程，还涉及国家发展、沿河居民生活与自然环境变迁等多个方面。新中国成立后，国家着手对黄河进行治理，大坝等水利工程的修建深刻地改变着黄河与人类社会的关系。彻底驯服桀骜的黄河与改造华北也成为社会主义建设的重大成就。

参观完小浪底水库，我们到一家名叫“浪底湾”的饭店吃饭。黄河岸边的老百姓很会给自己饭馆取名字，从巩义走来到小浪底水库，“江湖有鱼”“浪底湾”都命名得那么妥帖，和现实很相配。此时，正值春天，到处一派欣欣向荣的景象。这家院子四周栽满梧桐树，紫色的梧桐花散发出淡淡的香味，又一次嗅到野外的芳香，感觉十分惬意。院子很大，一个巨大的养鱼池里面数不清的黄河鲤在攒动。金尾、红腮，肥嘟嘟的，吐出很多气泡。这家饭店老板开饭馆前是孟津的农民，因为小浪底水库的修建成为移民，于是在水库跟前开了这家“浪底湾”饭店。在巩义我就馋黄河鲤，到了这里看到这么多的黄河鲤在池中攒动，就按捺不住要尝鲜了。我们要了条八斤二两的黄河鲤，老板用三种方法烹调：红烧、干炸、清炖。红烧的肉质鲜美，油炸的香脆，清炖的鲜香，果然与众不同。这次吃到的是真的黄河鲤。师兄常年在黄河边行走，也说这次吃到的黄河鲤好，我感觉黄河以它独特的味道迎接了我们。黄河鲤之味美，不光是我们用嘴说的，《河津县志》记载："鲤出禹门，肥美佳于江汉，但河水泛涨则有之，渔人难得，无鬻者。"古人说，黄河鲤很少有卖的，现在"浪底湾"一池子都是。

我问洗鱼的大嫂，一天能卖多少条黄河鲤，她说大概二十多条吧，一斤黄河鲤 38 元，一条最小的也有六斤多，那么这家饭店一天光卖黄河鲤的收入就有五六千元了，还不算其他的食材，这收入相当可观。

孟津是周武王与八百诸侯会盟的地方，《史记》记载："十一年十二月戊午，师毕渡盟津，诸侯咸会。……二月甲子昧爽，武王朝至于商郊牧野，乃誓。"这才有了后来的武王伐纣。1868 年到 1872 年德国地质学家李希霍芬在中国考察，他写道："如果从河南府的北门出去，越过一段小山丘在孟津县附近可以渡过黄河。孟津虽小但在历史上名气很大。《尚书 · 禹贡》中就提到在孟津可渡过黄河。大概在公元前 1046 年，周伐商，周朝的王带领他的部队在这里渡过黄河，在孟津开辟了战场。这个地方西边是山峦，中间是平原，北边是黄河。如果从南边经西边的山道就可以直接进入平原地区，因此自古这里便具有十分重要的战略意义。"①现在坐在"浪底湾"享用黄河鲤，想起刚才在水库看到的一库清水，想起壶口瀑布水色呈现的清亮发白的颜色，这条浊河逐渐在变清。

---

①李希霍芬. 中国旅行日记[M]. 北京：商务印书馆，2016：350.

黄河变清是从1946年人民治黄开始的，是七十余年几代人努力的结果。从公元前602年（周定王五年）到1938年的2500多年中，有记载的黄河决口泛滥有543年，决堤次数1590余次，改道26次，大的改道6次。地质学史学家李鄂荣认为，历史上有记载可查的黄河清有43次，最长的一次为1727年，黄河澄清2000余里，持续20多天。黄河变清也与近年黄河水沙显著减少有关系，黄河年径流量由20世纪的392亿立方米，减少到近十年的214亿立方米，最小年份不足140亿立方米，黄河输沙量由20世纪的16亿吨，锐减到近10年的3.6亿吨，2009年—2011年分别为1.98亿吨、3.51亿吨、1.32亿吨。人类活动改变了黄土高原的生态环境。林草覆盖率由10.3%提高到20%以上，梯田占耕地40%—50%，建淤堤坝8万多座，大规模的水土保持工程实施（如退耕还林的坡面工程、沟道的坝库工程），生态系统功能改善，土壤侵蚀环境发生重大变化。

肆

柳园口镇河犀牛：从河防到风景

为了束缚黄河水，使之不决口、不泛滥危害下游百姓，从战国时期人们就开始修筑黄河大堤，此后历代都疏浚下游河道，加固大堤，进行修缮。如今在黄河下游768千米的河道，有1370千米的河堤夹持着，远望甚是壮观。黄河大堤宛如一条巨龙盘旋在北中国的大地上，成为横亘中国北方的水岸长城。初次见到黄河大堤是在河南开封城外北郊，像是平原上的台地，大堤很宽敞，绿荫夹堤，午后的阳光洒在大堤上一片光影、一片绿荫，沿途见三三两两的黄河护堤工人，穿着淡黄色夹白道工服在大堤上巡视，那工服上面赫然写着“黄河”两字。他们头戴灰色船形帽，脸庞红彤彤的。第一次在黄河岸边上看到护堤工人，我感到很高兴，也很兴奋，这些工人常年在大堤上巡视，随时修护，及时报告险情，他们才是真正的黄河岸边人。我们所走的这条大堤也叫林公堤，清道光二十一年（1841 年），林则徐发配新疆，途中临危受命，皇帝命令林则徐即刻赶往开封堵黄河决口。

这条大堤就是当年林则徐修筑的著名的柳园口黄河险工所在地。此后，经多次续建形成现在的工程规模。大堤林荫道下，每棵树下方摆放着墩石，上面有红色标示，估计与测水位有关系。堤下全是黄河防护林木，林木茂密。顺小道向河边驶去，周边是庄稼地，秋天的中原大地静谧无声，丝毫感觉不到这里曾是历史上多次黄河泛滥的地方。

开封地处黄河下游地区，受黄河水患影响可谓深矣。自金初至清咸丰五年的 700 多年间，黄河河道变迁频繁，常多股并流，极不稳定，在开封及其邻近地区决口泛滥达 110 多次，最多时每年一次，最少也是 10 年必泛。开封城曾 7 次（元太宗六年，明洪武二十年、建文元年、永乐八年、天顺五年、崇祯十五年，清道光二十一年）被黄河水所淹。故此，今天的开封城已形成 6 座城摞城的历史遗迹。据说黄河水上涨最高时，开封市内地势最高的开封铁塔尖与黄河水位平。开封铁塔全名祐国寺铁色琉璃塔，塔面用铁色琉璃砌成，故称铁塔。塔平面八角形，高十三阶。不言而喻，开封是一座多灾多难的城市，北郊的柳园口是黄河决堤最频繁的地方。

1952 年，毛主席第一次出京视察选择巡视黄河，他从济南泺口大坝到徐州黄河古道，从兰考东坝头到开封柳园口，从郑州邙山脚下再到黄河北岸的人民胜利渠。我们经常能看见他老人家的一张照片：那是一个午后，主席坐在郑州黄河岸边的一个土丘上凝望对面黄河，远处是黄河大桥，那时毛主席肯定心中波澜起伏，于是发出“要把黄河的事情办好”的感慨。主席没有用“一定”这个词，大概在他心中治黄是一件非常艰巨的大事，中国共产党必将下定决心把黄河治理好。

2017年秋季，我踏上毛主席走过的土地、清代林则徐堵口筑堤走过的土地、明代李自成掘开黄河淹没的土地、明开封巡抚于谦铸犀镇河走过的土地，眼前仿佛看到无数中国历史上治黄的河官日日夜夜守护在黄河大堤上。开封是留下中国人与河斗的历史遗迹非常多的地域之一。人们曾在这里祭祀龙王，铸造镇河犀牛，凡是能想到的防止黄河水患的法子都想过。我沿着黄河寻找那于谦铸造的镇河犀牛的足迹。看到一个水泥砌就的平台，一只黑铁铸就的独角犀牛昂首挺立在河边，犀牛的样子很傲然，也很可爱，独角向天，昂首挺立，脚下有香炉，刚点着的香在燃烧，袅袅的清烟在空中

镇河犀牛

飘散。看来老百姓常来这里朝拜、祈福。

犀牛和大象一样，在史前，曾经在中国境内生活，上古时人们就曾用犀牛皮制作兵士的甲胄，犀牛角也常用来作酒杯，今天，陕西历史博物馆就珍藏着这样一个杯子，据说是外国进贡的。常见的犀牛分小独角犀和双角犀，可惜中国的犀牛现在已经灭绝，但是有关犀牛的文字记载却很多。唐人描绘的“蛮花藏孔雀，野石乱犀牛”。牛属于坤，五星属于土，《周易》上讲：“坤者，顺也”，土可克水，估计这也是人们常铸铁犀来镇河的原因。中国传说有辟水犀，常出入水中，水为之而开。开封北郊柳园口的镇河犀牛是在明正统十一年（1446 年），由河南巡抚于谦所造，现在看到的这尊是 1991 年 10 月由开封市郊外黄河河务局铸造，在镇河铁犀边还有一块镇河犀牛纪念碑，交代了河务局铸造犀牛的缘由。开封人民饱受黄河水患之苦，因此，古人才铸造镇河犀牛以保平安。然而明清至民国，黄河水患络绎不绝，犀牛不仅没能镇河，而且自身难保，在一次黄河决口后，被泥沙淤埋在地下。直到 1948 年人民治黄，依靠工防和人防，确保了黄河多年安澜，河务局重铸铁犀是想提醒人们不要忘记黄河水患，居安思危，团结治黄，努力把黄河的事情办好。因此，这尊镇河犀牛是中原人民杜绝黄河水患的一种美好期盼。

告别镇河犀牛，来到黄河滩上，脚下的黄沙软绵绵的，河水已经与滩地相连，现在这里的渡口，也是旅游风景区，人们在河边戏耍、游玩，游艇在河里驰骋。我们坐游艇在黄河里冲浪，虽是秋日，但在河里冲浪风还很劲猛。黄河在开封河面相当宽阔，有黄河气垫船在河里行驶，不一会儿又见另一艘气垫船从河道里冲了过来，发出巨大声音，向远方开去。

1990 年黄河水利委员会发出“关于修建花园口、柳园口、洛口险工堤段美化、绿化的通知”，于是，柳园口水利风景区于 1991 年开工，1997 年 10 月建成营运，开展了观光、旅游、休闲、度假和科学、文化、教育等活动，2004 年被批准为国家级水利风景区，2004 年为防洪工程需要，对黄河大堤进行了标准化建设，黄河柳园口水利风景区营运中断。现在柳园口水利风景区迎来了升级改造期，结合黄河旅游发展和开封市旅游发展，人们正在打造黄河特色水利风景区和开封市生态休闲新空间。在岸边我看到一幅巨大的柳园口黄河水利风景区规划图。

千年黄河之殇，黄河之防今天在这里变成黄河游览区。历史沧桑变化，曾经危害中华民族的黄河经历清咸丰五年（1855 年）铜瓦厢决口，1938 年花园口决堤之后，从 1949 年到现在再也没有发生大的险情，黄河岸边人们担惊受怕的日子已经过去，黄河迎来了新的发展时期，黄河旅游便是其中之一。

伍

河洛故事

湮没的铜瓦厢与崛起的兰考

铜瓦厢原名铜牙城，位于黄河的北岸，为兰阳第一险工，曾是一个相当繁华的黄河渡口和集镇。因为堤坝贴护着黄色的琉璃瓦，远远望去，宛如铜墙铁壁，金光闪闪，因此人们将这里称为“铜瓦厢”。人常讲“黄河铜头铁尾豆腐腰”，铜瓦厢便是黄河的“豆腐腰”。从先秦到民国共2500多年时间里，黄河下游决口2590多次，较大改道26次，重大改道6次，铜瓦厢所在的兰考县境内自金大定十一年（1171年）走河以来，历经金、元、明、清、民国5个时代，大小决溢143次，河道变迁频繁而又复杂。1855年铜瓦厢决口后，清廷本拟兴工堵筑，但因当时捻军、太平天国起义，义军声势浩大，清政府忙于镇压，无暇顾及河工，一时难以让黄河复道，河北、河南、山东三省受灾严重，尤以山东为甚。而此时，朝廷内在挽河回淮徐故道和因势利导筑堤使之从山东入海的问题上争论不休，民间只能在沿河修筑民埝以自围，为后来堤防的形成奠定了一定的基础。

在那次决口中，铜瓦厢被冲入河内，了无踪影，可惜那繁华的渡口和集镇，但铜瓦厢也因1855年这次黄河大决口而闻名。此后，黄河结束700余年夺淮入海的历史，改道由渤海湾入海，形成历史上所讲的北流。现今的兰考河道形成于两个时期，东坝头以上形成于明弘治四年（1491年）至嘉靖二十五年（1546年）期间，东坝头以下是咸丰五年（1855年）铜瓦厢决口改道，自由漫游了20年后，至光绪元年（1875年），下游陆续筑堤，才得以稳定下来。在那次黄河决口后，该地由左岸变成右岸，留下一段新河东岸头。1924年利用东断堤头建坝，就是现在的东坝头（现编号28坝）。

我闻铜瓦厢的名声而来，不经意间却在这里发现东坝头就是黄河的“豆腐腰”。黄河险工众多。兰考段黄河位于兰考县西北部，由开封县的刘店乡进入兰考，流经三义寨、东坝头、瓜营、谷营、固阳五个乡镇，到蔡集控导工程进入山东省东明县，县境内主流河道长25千米，这里是九曲黄河最后一弯，兰考黄河位于黄河右岸的最下段，上接开封的祥符区，下连山东东明县，河道全长25千米。辖区内有堤防工程43.08千米，河道工程七处。该河段水面宽阔，水势湍急，气势壮观。

因为历史上这里常决堤，1952年毛主席巡视黄河也来到过东坝头。途经毛主席视察过的杨庄村，村口有块大石头，上面写“杨庄村”三个字，后面是村里的楼房，笔直的柏油马路直通村内，村上有专门通往东坝头的公交车，有意味的是，这里饭馆多以黄河来命名，像“古黄河农家菜烩面馆”的名字充分彰显了黄河文化。农民骑着摩托从大街上驰过，街道边摊着一大片金黄色的玉米，农民在大街上晾晒刚收获的劳动成果，估计再到夏季麦子收获时，街上会摊晒着小麦，中国农民都是这样充分利用现代公路作为他们农业生产场地。晾晒的玉米旁放辆小斗推车，还有电动车，大概这些就是他们的出行交通工具。过了杨庄村，出现黄河大堤、树林。这里的林木不大，树木以白杨为主，河堤上有些秋凉。岸堤标示是东坝头。一进东坝头就是一块大石，上面说明东坝头险工情况。黄河岸边人们勒碑刻石，或者使用标示牌等将一个地方的黄河大事介绍给人们听。这也是我行走黄河了解黄河河况、黄河故事非常重要的手段之一，实地考察的优势，就在于能发现很多在书本典籍中没有记载却被当地人挖掘、整理出来的陈年往事，或者未来前景规划。

东坝头险工位于兰考县东坝头乡境内，始建于民国十三年（1924 年），工程全长 1513 米，相应大堤桩号 137＋750—139＋263，现有工程 29 座，其中坝 1 道、垛 16 座、护岸 12 段，坝顶高程为 75. 3 米，根石台高程为 73. 67 米—73. 52 米，相应堤顶高程为 73. 3 米，坝形为凸形，防御标准为花园口 22000 立方米每秒洪水。东坝头原为 1855 年铜瓦厢决口改道前的左岸大堤，筑于 1725 年—1744

年，铜瓦厢决口改道后，该地由左岸变成右岸，留下一段新河东岸堤头，1924 年利用东断堤头建坝，因此称为东坝头，该险工绝大部分工程是在 1948 年到 1957 年建成的。后经 1993 年、1994 年、1997 年、2005 年多次加高改建形成现在的工程规模。该险工和东坝头控导工程、夹河滩护滩工程共同组成东坝头河湾，是河道整治中的关键工程，工程常年靠河，基础坚固，根石深达 15 米左右，1952 年 10 月 30 日，毛主席亲临东坝头视察黄河，更为它增添了光彩。

感谢这块大石头上记载的文字，将东坝头险工情况介绍得一清二楚。岸堤上有一所名为“兰考 1952”的工厂，里面很凌乱，还停着一辆小火车，这里正在打造 1952 年毛主席到东坝头巡视的场景。要不了多久，将会隆重展示在黄河边。1952 年毛主席巡视黄河对人民治黄有着极其重要的历史意义，它表明中国共产党人对黄河治理的高度重视，毛主席视察过的地方都是黄河频繁决口泛滥的中下游。今天，人民经过七十余年治黄，使黄河岸边的面貌发生了翻天覆地的变化。走在坝头大堤上，黄河边上停了一艘两层楼高的“黄河人家”船，这应该也是做黄河餐饮业的，还有一艘名叫“水上农家乐”，这个农家乐载在名为“顺和号”的船上，船头插面红旗，这时夕阳刚好落在河中央，与“顺和号”构成一幅耐人寻味的画面。黄河在东坝头河面非常宽阔，南岸就是被淹没的铜瓦厢吧，这边的大坝全用赭红色的石头砌就，岸上是农户刚刚收获的玉米垛，农民站在拖拉机上正在干活，金黄色的玉米堆成了山，一垛又一垛，这是一个丰收的季节。中原到处是高高堆起来的玉米垛，向人们展示这里五谷丰登，展示人民安居乐业，要知道这里曾经在那次黄河大决口中尸横遍野，哀鸿遍地。现在这里全是石堤，脚下的路也被铺成石路，走过这段大堤便是黄河浮桥，一只只铁船被串联起来，与铁船相连的浮子漂浮在水面，黄河到这里流速较大，用这些浮子以减少水流流速，确保浮桥的安全。见了那么多的黄河浮桥，第一次见浮桥前有浮子的，还是两只船连一只浮子。上了桥走到北岸，展现在眼前的是一大片滩地，有滩地就有芦苇，一只浮子在滩地泥沙地里，估计汛期黄河水会涨到这里。那时，河面更加宽阔，水势更加凶猛。再回望从对岸延伸过来的浮桥和对岸的农庄、岸堤、游船，与这里的芦苇、滩地、湿地、湖泊形成不同的画面。夕阳无限好，黄昏里有无限遐想，脚下就是肆虐狂暴的黄河。现在黄河安澜，“顺和”是人们对生活的期盼，也是

玉米垛

黄河浮桥

人民对黄河的期盼，南岸堆放着大量排列整齐的石块，这是为黄河抢险准备的，上面有“东坝头险工”字迹。

在黄河下游两岸大堤上我常见这些河防措施，毕竟黄河是条不好安抚的“狂龙”。就拿元明时期来说，豫东和豫中是河决最频繁的地区，于是朝廷和当地老百姓为保护家园兴建了许多堤坝、垸、垛以防水患。豫东和豫中的沙丘、沙地、岗地、洼地和泛淤平原各种地貌形态交错分布，形成十分复杂、荒凉的地理景观。加之冬春干燥多风，沙丘随风起伏，濒临黄河沿岸的中牟、开封、兰考一带的沙区面积很大，地面起伏，盐碱遍地，易旱易涝。到东坝头一定要去拜谒兰考县城里的焦裕禄陵园。兰考是西伯利亚冷空气南侵通道的咽喉地带，黄河古道一带冬春多大风，形成许多风口，大风卷走土壤中的细小黏土和粉土沙粒，留下较大的粗沙粒，沙粒在强风的吹拂下形成沙丘，兰考地区就形成沙尘暴，严重危害当地老百姓的生活。另外，在兰考境内仅废弃的黄河古道、河汊就有 11 条，遍布着沟槽、微高地、堤坝与沙丘。这样的地势一旦遇上雨季，雨水排泄不畅，就会形成诸多洼涝地带，每到汛期，废弃黄河古道里的水就会淹没农田与村庄，使农民流离失所。还有一个问题是兰考土地盐碱化很严重。由于黄河侧渗与地势低下，兰考地下水位埋藏较浅，而兰考年降雨量不足 700 毫米，年蒸发量却达到 1800 毫米，于是盐水就从地下水和土壤深处向土壤表层移动，形成盐碱化灾害。兰考境内的盐碱化土壤属于盐化潮土和碱化潮土，这些土壤是不适宜农作物生长的。因此，明清古道废弃了 100 年，兰考就变成沙、涝、碱三害肆虐的重灾区，活动性沙丘、沙地24万亩，黄沙掩埋了63座村庄，洼涝地36万亩，盐碱化土地26万亩，民不聊生。1962年兰考连续168天干旱，风沙打死20万亩麦苗，下半年，洪水淹没30万亩秋粮，盐碱地枯死10万亩庄稼，全年粮食产量只有43斤，群众人均每天救济7两红薯干，当年要饭人数达到当地总人数的80%。就在这一年年底，焦裕禄被调任兰考县委书记，他带领全县干部群众一起与三害作斗争，用自己的实际行动铸就了“焦裕禄精神”。今天兰考的人民“看到泡桐树，想起焦裕禄”。

2018年的秋日，我走在兰考的大街上，街道整洁、大楼林立，街上车水马龙，经过历届兰考县委班子团结带领全县人民，致力于“传好接力棒，甩掉穷帽子，换上新衣裳”的努力，兰考现在已经让老百姓从外出逃荒转变为在家门口创业，兰考人民把沙碱地变成了万顷良田。大街上长得最好的是泡桐，泡桐花开，淡紫色花朵一树树的，将这座城装点得美极了，这些树应该是当年焦裕禄带领老百姓栽种的吧。兰考现在修建了兰阳湖，不断加强产业支撑，持续加大投入，加快产业集聚区、商务中心区建设，坚持“走出去”与“引进来”相结合，不断提升对外开放程度。一大批科技含量高，经济效益好，资源消耗低，环境污染小的项目在兰考落户，初步形成以家具制造、木业加工和食品加工、农副产品深度加工为主的产业，县域经济不断加强，人民生活水平提高。兰考县曾是国家级贫困县，现在的兰考县已经摆脱贫困，走上了致富路。

陆

河洛故事

战争逻辑下的花园口与桃花峪

黄河承担着家国命运，历来，国盛黄河安澜，国衰黄河有国殇。1938 年的黄河花园口人为决堤事件，给中华民族造成深重的苦难。八十多年过去了，抗战烽火中留下的黄河之殇，却依然惨痛。1938 年 6 月 9 日是个晴天，至少郑州北郊的花园口是这样。新八师参谋熊先煌在日记里写下：如同前两日接连的阴雨一样，天气本身并不能让他再有更多的关注。国民党新八师在花园口所承担的重要使命才是他所关注的。在此之前，为阻挡日军沿京汉铁路进军，国民党新八师奉命炸毁黄河铁桥。2017 年 11 月我亲眼看到这座有“天下黄河第一桥”之称的黄河上第一座真正意义上的桥梁。战争的硝烟已经消散八十多年，但历史的伤痛依然沉重。1938 年 2 月炸毁黄河铁桥只是花园口悲剧的序幕。此时，日军已抵黄河北岸，与中国军队对峙至 5 月，日军统帅部策定了一个五路会攻徐州的计划，企图将中国军队主力一举歼灭于徐州一带。土肥原贤二率领的第十四师团由淮阳经董口，偷渡黄河南下截断陇海路，阻止中国军队东进增援。5 月 23 日，土肥原贤二偷渡黄河成功，并以精锐的部队快速沿陇海线两侧西进。至 6 月 1 日，土肥原贤二攻占睢县迫近兰封（今兰考）、杞县，而另一股敌军则由亳县（今安徽亳州市）方面经鹿邑、柘城向太康迫近，且有进犯平汉路许昌、郑州一带的企图。两路敌军合围，将使在开封、兰封之间的中国主力部队处于被包围的状态，战情岌岌可危。在此危急的形势下，蒋介石做出了“以水代兵”的决定。黄河再一次承担民族苦难，形成地障阻挡日军。黄河决堤始掘于中牟赵口，继改于花园口；9 日，黄河水终于从决口汹涌而出。滔滔的黄河水冲毁了公路、铁路，吞噬了日寇，还有无数中原老百姓的家园、祖坟、田地。花园口决堤后，在西起平汉线、东至津浦线、北起陇海线、南至淮河的广大地区形成了一个水淹世界——黄泛区。花园口决堤，源于日寇入侵，源于当时中国之积弱。若当时中国团结强盛，日寇岂敢觊觎富饶之中华！中国人民又怎能数年间深陷于日寇之铁蹄、黄水之泥沼？

据说，以前没有花园口，那时这里叫桂家庄，到明代有个叫许赞的吏部尚书，在这里修建了一个方圆 500 多亩的大花园。后来，黄河决口改道将桂家庄与大花园冲毁了，这里形成一个渡口，老百姓就叫它花园口。2017 年初秋季，我来到花园口。清晨，从开封出发，驶向郑州，郑州是中原交通要道，路上来来往往的车辆甚多，我在寻找一个叫花园口的地方。经过一座黄河大桥，看到一块写着贾鲁河的路牌。顿时，感觉心中万千触动。这条以中国历史上著名治黄专家贾鲁命名的河，曾是黄河泄流所用的河道，从原武（今原阳西南原武）黑洋山、阳武（今原阳）、封丘荆隆口、中滦镇，至开封陈桥镇，经仪封黄冈（今兰考东北、曹县西南鲁豫交界的一片岗地），又经曹县新集、商丘丁家道口，虞城马牧集、夏邑（今下邑）、司家道口、韩家道口，经萧县赵家圈、石将军庙、两河口，出徐州小浮桥入运河（即泗水），贾鲁河于沟通黄河与淮水两大水系发挥着极其重要的作用。

八十年后的一个秋天，我站在花园口，这里已经建成了花园口黄河风景区。一块汉白玉石界碑立在河边，界碑石镌刻着大禹像，大禹的神情凝重且悲壮，花园口决堤事件不仅是中国抗战史上的悲剧，也是几千年来黄河史的悲剧，中华民族的悲剧，难怪人们要将当年凿河导水的大禹塑成一副悲怆的面容。碑石中间是段文字：

> **公元一九三八年六月九日，国民党军队为阻止日军西进，扒开花园口黄河大堤，口门宽 1460 米，此处为口门的东界。**

这就是当年扒口所在，界碑后的花园口黄河南岸是石坝，北岸是土堤，两岸都长满了荒草，远处是一座横跨南北的黄河大桥，河面宽阔，秋日的水流安静。界碑前500米是花园口事件记事广场。广场入口处是一块巨大的黑石，上书“一九三八年扒口处”，下面是密密麻麻的文字记叙当年扒口的过程。旁边又立一黑石纪念碑，背面镌刻“简介”二字，有文字：

一九三八年，蒋介石企图利用黄河水阻挡日军南进，于六月九日凌晨，悍然下令部队扒开黄河大堤花园口段，滚滚黄河水犹如冲出牢笼的狂狮，顷刻间冲毁无数家园，造成黄河改道八年零九个月，河水淹没豫、皖、苏三省四十四个县市，形成黄泛区达5．4余万平方公里，导致八十九万人死亡，一千二百五十万难民流离失所，而日军伤亡仅一千多人。四个月后，战时陪都武汉依然失守。花园口决堤事件是中华民族抗战史上“三大惨案”之一，蒋介石的一个决定造成中原历史上一场人为大灾难，它犹如中华民族母亲河身上的伤口，虽已愈合，但惨痛的记忆永难抚平。立此碑，旨在让青少年铭记历史，珍惜幸福，不忘党恩，热爱祖国，刻苦学习，奉献社会，早日实现祖国富强，民族复兴的中国梦。

今天的花园口已是村舍毗连，绿野阡陌，很难看到当年的战争迹象，也难觅黄泛区人民苦难的痕迹。前面河边几个孩子在戏耍，大人们在垂钓，一只白色的快艇停在岸边，不远处是花园口水文站。这是个著名的黄河水文站，高空挑着一个阁楼式房间，下面立着一块蓝色的牌子“黄委花园口水文站，水位观测点”，从岸上大堤下到河滩是一截台阶，台阶旁立着许多测量杆，杆上标着刻度，这是用来测量水位的，花园口水文站是黄河上的重要水文站，对稳定下游黄河水文具有至关重要的作用。这也是我沿黄河行走三年来第一次看到有水文站建在黄河边。水边还停泊着，或者说拴着一只小木船，这也是水文工作人员用来测量水文所用的。现在一家四口正围着它玩，父亲蹲在岸上垂钓，母亲亲切地望着男孩，小女孩要大些，正在拽着拴在岸边石头上的绳子，这根绳子和木船相连，绳子拉近，船到了岸边，绳子放长，船就到了河里。这一家人和花园口水文站放置在一个画面上，让人产生一种亲切感。不远处还有一个女孩正和一个两三岁大小的男孩铲沙子玩。

花园口水文站

顺着岸堤的台阶爬上来，岸上有一家农家乐，里面坐满了人，我们要张桌子放在河边，在农家水池里挑了条黄河鲤，这已经是我第二次在黄河边上吃鲤鱼了。这家农家乐的厨房就在院子里，窗口正对着院子，里面摆着锅碗瓢盆等各种炊具，桌上的盘子里盛放着新鲜的菜蔬，烹饪黄河鲤散发出的香味扑鼻而来。因为是周末，花园口聚集了许多城里人。花园口决堤八十多年后的今天，黄河岸边的老百姓过上了安宁美满的生活。

从花园口出来，驱车前往中国黄河第一铁路桥遗址。这座桥兴建于清光绪二十九年（1903 年），1906 年通车，桥长 3015 米，102 孔，是中国第一座横跨黄河南北的钢结构铁路大桥。这座有百年历史的黄河铁路桥代表着现代化黄河交通设施。只不过面前这座桥 1938 年时为阻挡日军南进时曾经被炸毁。后来应该有所修复，因为查阅许多资料时发现，1952 年 10 月 30 日毛主席曾经视察大桥。1958 年 7 月黄河发特大洪水，周恩来总理曾两次亲临指挥大桥抢险。1958 年新建京广铁路黄河大桥。为防止老桥阻水，以利防洪，1987 年拆除老桥上部钢梁，保存南段 5 孔 160 米。

2017 年 11 月，我来到郑州黄河风景区，在景区气垫船售票处看到了这座已经作为文物被保护起来的中国黄河第一铁路桥。顺着铁楼梯上去，上面是宽阔水泥路，放眼向外望去，对面是炎黄二帝的塑像。这就是抗战时期被炸毁以后又修复的平汉铁路桥，桥上除了我们二人，没有一个游客。因为这是铁路桥，桥上还有铁轨，走上铁轨，就像走上旷野，历史烟云弥漫起来。“立碑勒铭，永志纪念”，这是中国人纪念历史的方法，老百姓在这里乘坐着气垫船畅游黄河，又是另一种生活方式。看这座桥向前方延展，下面应该就是黄河，在不远处还有一座新黄河桥代替它沟通南北。

铁桥与铁船是工业文明的产物。铁桥是代表工业文明的里程碑。1826 年建成的悬索桥梅奈海峡大桥，始建于 1869 年的布鲁克林大桥以及建成于 1890 年的悬臂结构的福斯铁路桥都展示了让人赏心悦目的工业建筑美，1889 年建成的埃菲尔铁塔体现着钢结构方面勇敢的探索。20 世纪初叶，黄河上修建的三座钢铁建构的黄河大桥，是黄河现代化发展的体现，只不过当年它们都是由德国人完成的，可见在20世纪初期，德国在钢铁结构建造方面世界领先。如今黄河上的铁桥数不胜数，百年黄河铁桥代表的是中国现代化蹒跚的脚步。

从桥上下来，气垫船售票处的对面是黄河滩，几艘气垫船并排摆在滩上，如果气垫船从这里可以直接开下去，就到黄河里了。我们问了气垫船在黄河里能开到哪里？得到的回答是能到黄河中下游分界处桃花峪，沿途能看到古战场。这个描述很吸引人，但是售票员说现在不卖票了。一会儿就听见气垫船很大的风机转动声，最后一艘气垫船从黄河里驶回来了。这时从大楼里走出来很多下班的员工，真有些遗憾，要和桃花峪无缘了，但这里的人们告诉我，站在前面的山上可以看到下面的黄河分界处。这话很有诱惑力。

夜色里，驱车赶往山上去看桃花峪黄河中下游分界处。汽车不断地攀爬，我看到一座城门洞上面写着“三皇山”，后来才知道三皇山就是邙山。黄河下游河道北岸出山后，南岸还有一些黄土低岗残留，今郑州市西北邙山是最后一个屏障。邙山古称广武山，是嵩山从伊洛河口沿黄河南岸向东延伸的部分，原作西南—东北向。古代由于广武山在南岸顶托，所以黄河下游河道作东北流向，经河北平原入海。今邙山临黄一面陡崖壁立，黄河不断侵蚀广武山，河流开始向东南流。我那夜登上的邙山在郑州已是尽头，高高的黄河中下游分界纪念碑耸立在夜空中。碑的形状是“H”型，取黄河的黄字的拼音首字母“H”，纪念碑里有电梯，乘坐电梯可达碑顶，这样就可以看到更辽阔的景观。因为那天到时天已经完全黑了，不可能登上界碑一观，但是有幸相遇黄河中下游分界碑，也是非常高兴的事情。至此，可以无愧地说，黄河上中游、中下游、入海口我都已经亲临了。

绕过界碑往前走，平坦处有一亭，前方是一座横贯南北的黄河大桥，夜色里灯光璀璨，宛如一条黄龙，这就是新的黄河大桥吧。记得毛主席也登临过郑州邙山的最后一段，他老人家或许也曾在这里歇息、眺望。山下面便是黄河。桃花峪标志着黄河在此结束了它的中游段，就要进入河道游荡、常常泛滥的下游地区了。新建的黄河大桥上车水马龙，而我所处的邙山静悄悄的，天堑变通途，郑州已经进入高速发展的新时期。

QILU GUSHI

齐鲁故事

一部黄河史就是一部生态环境史，一部黄河史就是一部中华民族危机史。

齐鲁大地是黄河滨海地区，黄河携带着大量泥沙在华北平原冲积出新的土地，齐鲁大地也是中国儒家文化代表人物孔子的故里，滨海文明与以农耕为基础而形成的儒家文化产生撞击，也因此在我的齐鲁故事中表现出来。

铁尾横扫与华北生态危机

齐鲁故事

自古以来，黄河下游河道被山东丘陵山地分割为两部分，这使得黄河只具有或东北流入渤海，或东南流入黄海两种可能性。黄河因此也就在下游地区游移不定、南北摆动，导致河口有时在山东丘陵以北，有时在山东丘陵以南，两者之间相去甚远。明末顾柔谦在其所著的《山居赘论》里曾讲：“大河之流，自汉至今，迁移变异，不可胜纪。至孟津以西则禹迹具存，以海为壑则千古不易也。自孟津而东，由北道以趋于海，则澶、滑其必出之途；由南道以趋于海，则曹、单其必经之地。……要以北不出漳、卫，南不出长、淮，中间数百千里，皆其纵横糜烂之区也。”[1]黄河改道造成下游河道众

①陈正祥．长江与黄河[M]．北京：商务印书馆，1978：95．

多，历史上黄河决口后所经过的各条故道，择其主要可分为北流的滱水、滹沱河、漳水、御河、王莽河，东流的漯水、马颊、济清，南流的汴泗、濉水、涡水、颍水等 12 条泛道。东汉的漯水泛道形成于北宋庆历八年（1048 年）改道北流行水约 10 个世纪。南流中汴泗泛道最为重要，汴道即今淤黄河，徐州以下即夺古泗水入淮。汴泗泛道开始于 12 世纪后期，完成于 14 世纪中叶的贾鲁河，明代后期成为黄河固定的正流（即今淤黄河），延续至清代后期。1855 年，黄河在河南铜瓦厢决口，从此黄河北流，从渤海湾注入大海，至今黄河仍然是按照这一河道入海。就以上来看，黄河 12 条泛道有如一把折扇的扇骨。武陟、荥阳是扇纽，扇骨的分布北至海河，南至淮河。

另外，这 12 条泛道的更迭演变基本上表现为先自西向东，后又自东向南呈扇面形状的开展，所展开的便是华北平原。显然华北平原是由黄河冲积而成，西起太行山和伏牛山，东到黄海、渤海和山东丘陵，北起燕山，西南到桐柏山、大别山，东南到江苏和安徽两省的北部，和长江下游的平原相接，面积达数十万平方千米。华北平原又分为河北平原（即海河平原）和黄淮平原两大片。北宋沈括在其《梦溪笔谈》卷二四中写道："予奉使河北，遵太行而北，山崖之间往往衔螺蚌壳及石子如鸟卵者，横亘石壁如带，此乃昔之海滨，今东距海已近千里。所谓大陆者，皆浊泥所湮耳。"[①]大量文献记载，到 13 世纪，黄河已在华北平原从北端到南端扫射了一遍。黄河下游河道的摆动性是按照自然规律发展的，很少受到人类活动的影响。

然而，对于黄河下游，尤其是华北平原的居民而言，他们对黄河

---

①陈正祥. 长江与黄河[M]. 北京：商务印书馆，1978：95.

的认识和感情却要复杂得多，一部分人认为，它百害而无一利，高悬的河床、频繁地溃堤决口，实为中国之殇。事实上，20世纪黄河的历史并不只是现代工程技术传播与发展的过程，而是涉及民族国家发展、沿河居民生活与自然环境变迁等多个方面。

今天，华北平原是我们国家经济中心城市群，世界金融、科技高速发展，农业、工业、生活用水量大增，相继而来的水污染、环境污染等，致使华北平原生态面临巨大危机。另外，华北平原是一个与海洋紧密联系在一起的地域，华北的生态是人类活动与自然力量长时间共同作用的产物，然而，这一生态系统并非坚不可摧，无论是黄河，还是气候，人类与自然世界在华北塑造的生态平衡十分脆弱。至20世纪后半期，伴随着人口剧增、农业集约化、工业增长和城市化扩张，华北本已脆弱的生态环境不得不承受日益沉重的来自人类社会的压力。因此，华北的生态具有明显的边缘性和脆弱性。

华北平原生态脆弱性与华北用水危机紧密相连。华北平原是我国人口最密集的地区，工业基地众多。因此，不论是生活用水，还是生产用水，水资源都严重匮乏。而另一方面华北的农业生产不可持续，因为其灌溉需水量是年降雨量的200%—300%，所以华北的粮食生产也面临严峻考验。加之，华北平原城市不断扩张，自然生态的恶化与人类发展对生存环境的破坏，都使得华北生态危机越来越严峻。这对黄河在下游能否获得良好的流域环境，也有影响。生态永远是人与环境在互动中发展的，华北平原生态危机为我们敲响了警钟。尊重自然，与自然和谐发展是今后黄河流域生态环境良性发展的必然。

齐鲁故事

济南黄河岸边人与曲阜孔家

如果从高空俯瞰，会发现这样一座城：南面是起伏的山岭，中间是绿色掩映下的城郭，北面是宽阔的河。这条河是黄河，这座城便是济南，黄河行至济南愈加开阔，坦荡向东，大堤内尽是蓬蓬草木。世人皆知济南是一座以泉水闻名的城市，“家家泉水，户户垂柳”，泉水浸润着济南的大街小巷，使济南古逸之中透显着清秀的味道。然而如果见过济南城北高高的黄河大堤，便惊诧，这样高的黄河大堤让地势低的济南随时都有被吞噬的危险。济南人对黄河的防范如同荷兰人对本国领土外的大海防范一般，这便是济南这座黄河岸边城市的特点。

2017 年 8 月我从青岛返回西安之际，最终还是决定返程时在济南停留半日，因为想去看看文献上记载的民国泺口镇，现在已经是济南北城区了。济南太阳毒得让人睁不开眼，空气里怎一个“闷”字了得。从火车站到泺口乘坐公交车即可到达，乘坐公交车向北驶去，车窗外的景致由繁盛逐渐转变为破败，泺口服装大楼过去了，我在一个叫泺口的车站下了车，顶着烈日来到一座立交桥下。这里是济南交通要道，南来北往的货车络绎不绝地驶过，其中大型货车居多。一块蓝色路标上写着“泺口浮桥”四个字，紧接着又看到一块牌子上写着“泺口浮桥已拆除，请绕道而行”，发出这通告的是泺口浮桥管理处。泺口是通往聊城、德州、北京、滨州的交通要道。文献上记载民国泺口镇有泺口浮桥，现在看来正处于被拆状态，我来的还是时候，或许还可以看到最后没有完全拆除的现场。走过立交桥，路有了坡度，一家单位门口挂了三块牌子，分别是黄河水利委员会济南勘测局、黄委会泺口水文站和黄河山东水环境监测局，显然这里是济南黄河水利部门，路对面是毛主席手书“要把黄河的事情办好”题词的石碑。这些都说明我又一次要接近黄河了。

从河南开封开始，黄河就进入地面悬河段，绵延700千米的黄河大堤如同长龙一般锁住黄河水，确保下游百姓不受黄河水灾危害。济南黄河大堤很厚实，也很宽阔，站在大堤上看黄河，河水在低处。河南岸西边几艘破旧的铁船杂乱地横浮在河道里，那应该就是正在拆除的黄河浮桥吧，在河北岸我脚下的河道边也有几艘，散乱地停泊，有些凄凉、萧索。不久前，这座浮桥上肯定是车水马龙，热闹红火，现在马上就要彻底退出济南交通史的舞台，而我恰巧看到它的“遗骸”。多年后，我才知道，黄河上的浮桥总是处于拆了复建，建后又拆的状态。

济南泺口黄河铁路大桥

黄河北岸的滩地较大，黄泥淤在河道里，一片黄沙，一丛芦苇，越往东去，便越茂密。我到时是正午时分，黄河边上稀稀拉拉的有几个人在闲逛。一个上身赤裸，下身穿着短裤的精瘦老头在河里站着，看来河水不深，还有一个同样干瘦的老头在河滩上坐着，他赤脚，脚边放着顶帽子，皱着眉，吸着烟卷，身上斜挎着一个白色背包。他声称自己在黄河里打鱼，一路从连云港而来，在济南黄河里什么都没有打到，老头说的方言，我听不大懂，看这样子他们是黄河边上流浪汉一类的人物。那一刻我把他和贾平凹《商州初录》里写的“丑陋捉鳖人”联系起来了。是不是每一条河边总会遇到一些奇奇怪怪的人？过了一会儿，河里的那位上来了，双手插着腰，哭丧着脸站在我们跟前，抽烟老头问：“打着什么了？”“什么都没有。”如果说这两位是黄河边的流浪打鱼汉，那么河边的那父女三人显然是到此嬉耍的本地人。上身穿件衬衣的中年男人怀里抱着个两三岁的女孩，慈爱地望着在河边玩耍的一个五六岁的女孩。没一会儿，父亲一手抱着小女儿，另一只手拉起大女儿，看样子，这位父亲准备带孩子们离开这里。那一刻我感受到生活中不可抗拒的温暖。

人世间有种种烦恼忧愁，但也有种种幸福快乐，父女三人偎依在一起的画面给这炎热、寂寥的济南黄河平添了几分温情。

顺着河滩继续向那座著名的黄河铁路桥走去，芦苇越来越高深，河滩上的淤泥也越来越厚实，我越来越接近那已经有百年历史的济南黄河铁路桥了。这座桥的图片我在资料里见过，如今它就真实地横跨在黄河南北两岸。大桥用巨大的钢骨架成，长 1255.2 米，桥面中央是铁轨，两旁是人行道，黑色的钢铁历经百年依然黝黑发亮。我是从河滩里走到桥下的，因此，只能站在桥下仰望这座铁路桥，巨大的桥墩矗立在不深的黄河水中，一位中年男子在河里钓鱼，旁边是他的坐骑——一辆破旧的摩托车。男子从水里提起鱼竿，可能只钓到一条小鱼，顺手放进鱼篓里，再垂钓，不久又提竿，前后没有几次，便准备收摊走了。我问他：“钓到什么东西啦？中午不休息？”他笑笑说：“没啥可钓的，准备回去。”问他这座大桥有没有碑文什么的，他说有的，顺着这个坡上去，就可找到一块石碑，上面有文字。按照他的指点，我从河滩爬到大堤，宽阔的大堤，上面有公路，有车辆经过。在一堆杂草丛中，一棵垂柳下，我找到了那块碑。浅黄色的石碑，上面镌刻红字：“济南泺口黄河铁路大桥”。石碑后有文字说明铁桥状况：

济南泺口黄河铁路大桥石碑

济南泺口黄河铁路大桥位于济南

市天桥区街道办事处泺口居委会北黄河之上，德国公司设计建造，钢结构，建于 1909 年至 1912 年，桥长 1255. 2 米，宽 9. 4 米，共有 12 孔，为当时亚洲最大的悬臂梁式铁路大桥，代表了当时世界桥梁设计和工程技术的较高水平，在中国桥梁史和交通史上占有重要地位，2013 年 3 月 5 日被国务院公布为全国重点文物保护单位。保护范围：桥体东、西各向外 100 米，桥南、北两端各向外 50 米，建设控制地带一同为保护范围。

黄河上有三座百年铁桥：一座是兰州城内横跨黄河的铁桥，又称中山桥；一座是郑州市北面的平汉铁路大桥，建于清末，拆除于中华人民共和国成立后；第三座就是济南这座黄河铁路桥了，也是清末修建，济南这座桥最宏伟。因为黄河河面在济南相当宽阔，下面水流湍急，因此，修建时特别不容易。黄河铁桥见证了近代中国发展的曲折历史，遗迹都沉积在百年老桥上。

此次寻访到的正在被拆除的黄河浮桥与依然使用的黄河铁路桥，充分证明了民国时期的泺口镇是黄河与济南商业交通上的咽喉。泺口镇是济南北部的门户，与黄河入海口相距 230 千米，民国时的泺口是个繁华集镇，镇上的人差不多一半从事商业，一半致力于运输业。泺口镇外，每天差不多停泊着一二百号帆船，从上游河南而来的船只运载着黄河上游各省货物，桐油、纸、茶、水烟与漆，在泺口卸货之后，再运往济南或由小清河运到利津去。从黄河下游来的多是盐船，将山东沿海的盐运至泺口，再运送到别处。黄河里百舸争流，千帆竞渡，如今一条津浦与清泺陆路交通线代替了黄河水运，现代化的交通使黄河运输功能衰退，我乘坐高铁在济南黄河岸边惊鸿一瞥地巡视了一遍，乘坐高铁去曲阜已是晚上，不觉想起一首诗来。

宫墙亲释奠，林墓此重来。

地辟天开处，泗南洙北隈。

春鸣仙乐鸟，冬绿石碑苔。

教泽垂千古，泰山终未颓。

乾隆十三年（1748 年）清高宗弘历赴山东曲阜祭祀孔子时作诗《谒孔林酹酒》。诗中尤赞“教泽垂千古，泰山终未颓”。讲的是孔子晚年，“负手曳杖，消摇于门，歌曰：‘泰山其颓乎？梁木其坏乎？哲人其萎乎？’”孔子唱罢，回到屋里，面对大门静坐，不久便去世了。而今拜谒曲阜而来，愿孔子的精神如泰山不颓。

曲阜是一座历史文化名城，背负泰山，南引凫峄，东连沂蒙山，西俯平野千畴，北枕泗水，城市以一道隆起的土岗而得名，历史可追溯到远古时期，炎帝神农氏都陈而徙于曲阜，黄帝自穷桑徙曲阜，少昊建都曲阜，舜作什器于寿丘。也就是说，传说中的三皇

曲阜

五帝有四人在此留下活动踪迹，三人在此定都。曲阜的前身是两周时期的鲁故城。周公平定天下后，长子伯禽封为鲁侯，次之君陈留在身边。从此，伯禽的后代世代为鲁侯，君陈的后代世代为周公。所以陕西人到山东，有很深的种族渊源关系。北宋大中祥符五年（1012 年），曲阜县改名为仙源县，即现在的寿丘和少昊陵，金代又改回曲阜县。

现在的曲阜市车水马龙，红尘滚滚，旅游景区主要是宋代，尤其是明清以来的遗迹。前往孔庙的路上，有个巨大的马踏飞燕中国旅游标志塑像，骏马脚下踩着一只圆球，曲阜是国家著名的旅游城市，尤以圣迹闻名于世。下车步入街市，远远便望见一圈褐色高墙，上面有“万仞宫墙”字迹。《论语·子张》曰：“夫子之墙数仞，不得其门而入，不见宗庙之美，百官之富。得其门者或寡矣。”后人因筑“万仞宫墙”于孔庙前，以象征孔子学问精深，德行高迈，思想深邃，非常人所能及。孔庙本来是孔子的家，孔子居住的地方，名为阙里，后来因为后世的祭祀，变成孔庙。历史上曾有 12 代皇帝亲临曲阜拜谒孔庙，并将孔门弟子和历代儒学大师 172 人配祭孔庙。孔庙始建于春秋，历经两千多年。因宅建庙，规模宏大。走过金声玉振牌坊，坊后为泮桥，之后是棂星门、太和元气坊，接下来就进入至圣庙。孔庙里人山人海，郁郁青青的松柏寓意儒家文化绵延不绝。一大群非洲朋友也来拜谒孔庙，可见孔庙不仅影响当代中国人，也对世界其他国家的人们具有吸引力。正因为如此，曲阜每日朝圣者络绎不绝。记得当年司马迁来到这里“观仲尼庙堂、车服、礼器，流连不忍去”。北魏郦道元来到过这里，当时孔庙占地不过1顷，院子也不甚大，他们所见的一切还很简陋。如今的孔庙已占地14万平方米，三路布局，九进院落，不仅是儒家文化载体，也是世界文化遗产。拜谒孔庙，是对中华文化的仰慕。

从孔庙到孔府只一街相隔，走过那条名叫阙里的巷子，便是孔府。孔府又称“衍圣公府”，是历代衍圣公嫡长子孙的官署和私邸。我曾在孔庙门口见到一位男子摆了个刻章摊，挂的招牌是“孔子第七十四代刻章”，因为没有生意，这位自称孔子后人的男子跷着二郎腿，摇着扇子，等待客人来。孔府里搞的书画展览就更多了，这些书画展的举办者有称“孔子七十四代孙孔繁仲先生字画展”，也有称“孔子七十六代孙现场姓名作诗”，还有标明自己是幼承庭训，耳闻目睹，喜读圣贤之书，因此称“孔子七十四代孙孔繁申先生”。在这些自称孔子后人的书画展览者里，男女都有，大多是自称七十四代孙的孔门子孙，不知其中有多少是真，又有多少是假。

在孔子身后两千多年时间里，子孙传至八十多代，形成一个规模庞大的家族。从孔子到四十二代孙孔光嗣的一千多年时间里，人口增长缓慢，至唐末，孔氏后裔定居曲阜的不足10户，而这段时间迁徙外地者很多。五代后梁时，族人所剩不多，到宋代，世裔繁衍大幅度增长起来。孔氏裔孙常出现单传情形，孔子身后即是八代单传，孔子生鲤，鲤生伋，伋生白，白生求，求生箕，箕生穿，穿生谦。孔谦生有三子，孔鲋、孔腾、孔树，只有二子孔腾人丁兴旺，但后代多外迁。这些外迁者散落在全国各地，居住在曲阜的孔氏正统仍是单传情况。后梁时，孔子后裔传至第四十二代孙孔光嗣，遭人杀害。其独子孔仁玉幸免于难，后科举高中，将几乎断宗的孔子世家中兴起来，因此，孔仁玉被称为“中兴祖”。至元代孔氏后裔传至五十三代，已发展成二十家，后世称为孔氏二十派。到北宋时又分南宗与北宗，元代元仁宗以孔思晦袭封衍圣公，此后，一直到现代的第七十七代孔德成均是孔思晦的后裔，他们严格按照宗法制度以嫡长子承袭，共传三十二代。孔氏家族又分内孔与外孔，内孔为圣，同姓不同宗的为外孔。孔氏家族与其他宗族不同在于，他们受历代王朝崇拜，由曲阜孔庙和孔林构成的圣地阙里孔庙是孔氏大宗的祖庙，也是各地孔氏小宗族人的远祖庙。孔氏族人生当谒庙，即使流落在外，也要定期祭扫祖林。孔氏家族对曲阜孔庙、孔林的祭拜增加了整个家族的凝聚力。孔氏家族沿袭严格的宗法制度，孔子后裔嫡长子衍圣公，处于大宗主家族内最高地位，以修宗谱、订族规、行家法等形式约束族人。孔氏族谱是中国历史上存留最久、最完整的族谱。孔家有严格家训和族规，《孔氏祖训箴规》是纲领性族规。如今我入山东，谒孔庙、瞻孔府，看到很多自称的孔子后人。他们大都受世风影响，卖文墨为生。

拜谒孔府后，乘坐当地农民提供的旅游马车到至圣林。马车把我带回那个农耕文明繁盛的旧时代，马蹄敲打着曲阜城市的水泥马路，嗒嗒声在耳边萦绕，现代与传统交织在这座城市里，孔林内柏、桧、柞、榆、楷等各类古树盘根错节，郁郁苍苍。在万亩掩映的林木中，石仪成群、碑碣林立，墓冢累累。孔林中心地带便是孔子祖孙三代的墓地。一过泗水桥，尚未进孔子墓地大门，我就被一个妇女缠住，说自己是孔家媳妇，现在做导游，希望我能照顾一下她的生意。据古书记载，孔子死后，葬在鲁城北边的泗水，孔子墓形成携子抱孙的格局，当年孔门弟子和鲁人曾经纷纷搬到墓地附近，形成了一个村子，叫作孔里。现在的孔林，正南有个林前村，也许这个林前村就是孔里。我不知道那位妇女是不是来自孔里，抑或说，她的丈夫是不是孔门子孙，总而言之，一入曲阜发现很多人皆称自己是孔子子孙，并以孔子先祖为名谋生。也许这是曲阜现象，或许还是当代中国文化现象。

总体来讲，曲阜人给我留下的印象十分美好，问路，热情给你指路，还带路，卖东西要价，基本上实打实，不虚报。曲阜民风淳朴，是我走黄河九省感觉最好的地域，这夜因为没有赶上去东营的汽车，我留宿在曲阜。夜色里的曲阜老城显出一种古朴厚重的味道，大街上时时有三轮车穿梭，上面载着看曲阜老城的游客。夜将城市的现代建筑都虚化了，这些蹬三轮车的人们俨然既是马车夫，也是导游，耐心地为游客讲解曲阜，宣传曲阜。一到曲阜，古风犹存。孔子所创的儒教不仅是山东人民的文化根基，也是中华民族的文化宝藏。两千年前，孔子说吾从周，两千年后，秦人的后人来到曲阜，要讲我从鲁。

黄河口镇与共和国最年轻的土地

从曲阜一路直奔东营，坐了5个半小时的汽车，又累又饿，趁等车的空当吃饭，也不失为一种休息，也可以顺便向服务员打听入海口的情况。服务员告诉我，住在入海口蚊子多，还不如晚上住在东营，第二天跟旅行社到入海口。这个建议着实让我动心，但是如果这样，去入海口我不过匆匆一过客，为了更深入了解入海口状况，还是想夜里住在入海口。于是，我又回到刚才等去黄河入海口公交车的地方，等了很久，还是没有车来。就在这时，住东营的朋友打来电话说：“别去入海口了，刚才问那里的朋友，现在那里已经没有旅馆可住宿。”听到这个消息，感觉不妙，我便决定打车先到黄河口镇，然后再从那里到入海口。一路上司机师傅给我介绍了很多沿途情况，黄河入海口来回摆动，造成入海口河道众多，他说我们走的大道，过去就是黄河古道。

一个半小时的车程，到了黄河口镇。小镇不大，一家医院，一个金海岸生态美食苑，还有一座所谓的黄河口文化书画院，一条街道。傍晚时分，小摊贩开始摆烤肉摊，等到月亮上来，夜市便散了。

我入住镇上最好的旅馆，所谓最好，就是住的是上下两层楼，房间有电视。我被安置在二楼其中一间客房，隔壁刚入住一对老年夫妻，老两口都退休了，平时在济南给女儿看孩子，趁着放假出来玩。他们骑着一辆摩托车从济南一直骑到东营来，一路观光兜风非常惬意。他们已经走过淄博、临淄，刚还到海岸线上兜了一圈。预备在这里休息一晚，明天要去入海口。对面则住着一对父子，据说明天也要去入海口。

黄昏，我在只有一条街的镇上转悠。我还没有租到合适的车，明天能去入海口吗？夜幕中，小镇上静悄悄的，一轮秋月照在镇上，异地他乡，明月朗照，多少有些落寞、孤寂，但一想到明天看黄河入海，我就满心欢喜。

清晨一缕阳光洒在黄河口镇，我和老板娘帮忙找来的司机谈好了价钱去入海口。汽车向着入海口方向驶去，路边树林茂密，司机讲这里过去都是黄河古道，路边的湖泊是黄河淤积留下来的。如今放眼望去，中间有岛屿，岛屿上芦苇青葱，芦苇将整个湖泊分成两半，阳光照耀在水面上，泛着澄净静谧的蓝光，美不可言。12 世纪以前黄河都由渤海湾入海，12 世纪以后改东南注入黄海，19 世纪中叶开始又回到渤海湾入海。现在的河口是清咸丰五年（1855 年）黄河在兰考铜瓦厢决口改道夺大清河入海后形成的河口，入海位置在渤海湾与莱州湾的交汇处。

真的到入海口了，清风吹来，十分宜人。我跋山涉水，从西安飞临济南，从济南到曲阜，再乘坐 5 个半小时汽车到东营，从东营打车到黄河口镇，今天终于要到入海口了，这是黄河 5464 千米最后一段路程，在这里将要看到河海交汇，我的黄河之旅就要结束了。这真是一件令人高兴而激动的事。当河口人看见我时，就像西域的人看到了西天取经的玄奘，那该是多么遥远的路程，需要付出多少艰辛和努力？

黄河口湿地是 5464 千米黄河中我看到的最美丽的土地。纵然我阅过千山万水，见过青藏高原上黄河湿地湖泊遍布，水光潋滟，山陕峡谷黄河九曲十八弯，仍觉这里美不胜收。入海口里芦苇遍地，湿地湖泊遍布，碧水蓝天，一片湖泊被芦苇包裹，褐色木桥横跨水面，远远近近几座小亭翼然之上。阳光照耀下，湖泊里水波荡漾，和无边芦苇构成一幅绝美画面，天空辽远、大地阔渺。在湖泊的周围有些地方会形成滩涂，这里的湖非常大，大到需要走半个多小时才能将一个湖绕完。在其他地域也见过黄河湿地，那里景致虽美，但都不及入海口这片湿地来得这么纯净、淡远，水给了大自然灵性，黄河入海口湿地赋予黄河一颗最璀璨的明珠。

大自然给予黄河最美的归宿。入海口有野生保护动物1600多种，鸟类300多种，黑嘴鸥、丹顶鹤、白头鹤、白鹤、大鸨、东方白鹳、黑鹳、金雕、白尾海雕、中华秋沙鸭、遗鸥、灰鹤、大天鹅、鸳鸯等应有尽有。每年候鸟迁徙季节，数百只鸟在这里捕食、栖息、翱翔，因此，这里成为东北亚和环西太平洋鸟类迁徙的重要中转站、越冬栖息地和繁殖地，人们称之为鸟类的“国际机场”。

在入海口还看到许多黄河故道。在黄河三角洲地质公园北区，有黄河三角洲在发展过程中形成的各种河流沉积地貌景观，这些地质遗迹景观主要有：网状河环境、反向水流、风成沉积、贝壳沙和古海岸线，黄河沉积剖面、强进蚀型海积平原地貌等。我看到了从1930年到1950年的黄河故道。

入海口现在已是国家级自然生态保护区，以保护黄河口新生湿地生态系统和珍稀濒危鸟类为主体的湿地类型保护区。里面有高等植物，以菊科、禾本科、豆科最多，野大豆为珍稀保护植物，碱蓬、盐地碱蓬、怪柳等盐生植物是该区的优势物种。蒲草在这里遍地丛生，因其穗状如蜡烛，又称水烛。柽柳，别名垂丝柳、西河柳，此外还有西湖柳、红柳、阴柳，

入海口湿地

枝条细柔、姿态婆娑，花如红蓼，广布黄河三角洲几百平方千米。杞柳、荻、芦苇等水生高大禾草，分布在沟渠、河堤、沼泽等地。

在入海口一望无际的芦苇地里，我看到高耸的石油勘测塔，黄河三角洲是我国石油储存丰富的地域。一个三角洲，就是一座资源丰富的巨大油库。滩涂是入海口独特的地貌，是海滩、河滩和湖滩的总称，是沿海高潮位与低潮位之前的潮浸地带，是我国后备土地资源，是海陆过渡地带。我面前入海口的滩涂基本上已经成为陆地。在整片的滩涂前有一条河带，河带周围的泥更潮湿，更有意味。距离河带不远的地方是齐整的土地，生满绿草。土地中有河，小泉般的水洼地一个又一个，入海口的这种景观宛如黄河源头青藏高原上的河曲地带，百转千回的河曲，在黄河上游汇聚了大量的水。所不同的是河源区的河曲地带水草丰美，适合畜牧业发展，入海口的滩涂地带适合海洋水产养殖业，更是美丽的观赏地带，一个个小水洼地构成一片美丽的沼泽，这一片美丽的沼泽又形成一大片滩涂地。黄河这一个个的小沼泽地形成弯弯曲曲的形状，真是不到入海口怎知道有这样独特的景观。更重要的是，这片景观若干年后就会变成我国新的土地，山东黄河三角洲国家级自然保护区是中国暖温带保存最

入海口滩涂

完整、最广阔、最年轻的湿地生态系统。黄河携带大量泥沙在这里沉积，年均造陆13.33余平方千米，使这里成为共和国最年轻的土地。黄河能造地，这样的黄河便是一种新的存在意义。

继续向芦苇铺盖的公路深处驶去，快到河海交汇处，黄河将它最后一段呈现在我面前。开阔的河面水势浩大，我又见到黄河本来的面貌——滚滚黄汤。黄河在这里的岸堤与水位保持一致，人们再也不用害怕黄河溢出河道，海洋将以无比博大的胸怀接纳它。远远地看到河上有汽轮，那是载着游客去看河海交汇景观的游轮，站在入海口的黄河岸边我再次伸出手臂拥抱母亲河。“去吧，入海去。”历经三年的跋山涉水，今天总算来到入海口，这也为我的黄河之旅画上句号。

奔流到海不复回

齐鲁故事

黄河最后一桥

黄河一路向东，在东边将会与海相遇，黄色的与蓝色的两股水流即将交织在一起，而在西边是黄河最后一桥。三年多来，我见过无数黄河桥，铁路桥、公路桥、铁浮桥、木桥，等等。这是具有标志性的最后一座黄河浮桥，因为在它的下游便是黄河入海处。桥头上立了一块牌子“孤东采油厂新滩浮桥”。加上河南兰考东坝头的那座铁浮桥，这是我见过的黄河第二座浮桥，由一艘艘铁船串联而成，铁船上焊接一块铁板，以保证整座浮桥的稳定。站在浮桥上，向东方看去，黄河水从船头汩汩流出，向入海口奔去。不远处几艘白色的汽轮停靠在岸边，极目远眺，黄河与天相接，入海啦！入海啦！我听到黄河欢快地叫着，奔跑着。这从青藏高原流淌下来，经过崇山峻岭，历经万千城市，流淌无数村庄，数不清的峡谷，灌溉了无数土地，滋养了中华民族的河流，又义无反顾地奔流入海而去。

告别黄河口镇，乘坐公交车返回东营，我准备从东营到青岛去。现在，我乘车先到垦利区，然后在垦利区乘坐公交车就可以返回东营了。在来之前，我并不知道这条路线，只好打车前来，现在沿着这样的路线我离开黄河口镇了，很大程度上，以后可能再没有机会来黄河口镇了。

汽车在前往垦利区的路上奔驰着，可以再去看看这个曾经的县城。虽是市辖区，但是看着很阔气，街道宽阔，高楼林立，所幸在这里要转车，使我有片刻机会将这座黄河最后“一县”打量一番。候车的地方对面是垦利区农业局，建筑高大气派，候车的站牌下坐着一位七旬老人，因为车没有来，我便和他攀谈起来，这位老人因病有些半身不遂，儿子在垦利区打工，老人在家里没事，就出来坐在公交车站，看大街上来来往往的行人、车辆。老人说现在举家搬到垦利区是因为在这里打工挣钱多，而儿子上班了，自己在家里闷，就到大街上来坐。说起家里事情，老人就伤心，因为两年前老伴离世，现在孤零零剩下他一个人。望着老人独坐大街的身影，我感到一阵伤痛，中国老年人晚年养老问题，恐怕不是垦利区一个地方的问题。那些居住在城市有自己兴趣爱好的老人，可以结伴组成兴趣小组，一起唱歌、跳舞、拉琴，而这些农民工的父母们，已到了风烛残年，不和孩子一起生活，自己生活不能完全自理；在一起生活，精神生活又没有办法解决，孩子们都要上班养家糊口。面前的这位老人只好选择到大街上静坐，这是一个有些凄凉的黄河故事。

WEISHENG

尾　声

尾声

不仅是奔流入海

虽然到了入海口，但是黄河的故事并没有结束。为此，我的黄河之旅还应该有个去青岛看海洋的尾声。河与海是两个不同的概念。八月的青岛人山人海，这座海洋城市以它的海风习习、景色秀丽、四通八达的交通，让有闲、有钱、有旅游兴趣的人投入它的怀抱。走陆路的，自胶济铁路跋涉而来；走海路的，从海口坐游船而来；还有坐飞机直达青岛的。总而言之，人们想尽一切办法来到这里，因为这里有海洋。

在崂山顶上看到海，海将青岛拥在怀中。三年多来，我们沿着黄河岸边行走，看到的黄河以黄居多，而在崂山，看到山海相抱，蔚蓝色的海以它的辽阔、深邃迎接了我们。

夜里我来到青岛前海栈桥，栈桥上人们散步、嬉闹，海深邃如夜的眼，汽轮在海里发出鸣笛声，岸上高楼林立，灯火通明，人如潮，海上明月共潮生。

如果说黄河代表的是中华文明，那么这条中华母亲河汇入海洋，就意味着中华民族要走向更辽远、更广阔的地方，然而黄河绝不仅仅是奔流入海的问题。具体而言，由于黄土高原上的绿色革命，以及黄河上游大量水库的修建，筑坝拦水，黄河水量越来越少，黄河清了，但是黄河清真的就是好事吗？当黄河水变清时，黄河在下游会出现二级悬河，这二级悬河的威胁并不比一级悬河小。黄河清带来的另一个问题就是黄河干流出现断流现象。中华文明赖黄河流域发祥、壮大，五千多年来经久不衰，而当黄河干流断流时，黄河文明要枯竭了吗？

为了保证黄河干流不枯竭，西线南水北调工程就要启动。国家为解决中国北方缺水，决定南水北调，东、中、西三线工程相继开工，这为彻底解决黄河缺水问题，带来千载难逢的机遇。只要三线调水均实现入黄功能，黄河缺水问题就可以彻底解决。黄河是现代中国北方的总干渠，只要解决了黄河的缺水问题，中国北方的水问题就迎刃而解，也只有把南水北调与根治黄河统筹规划，使其调水方案均有入黄功能，才能实现南水北调工程的综合功能。从2017年12月“红旗河”西部调水工程议案的呼声越来越高，围绕这个调水计划，全国最优秀的水利专家先后进行研讨，赞成的、反对的，各种声音都有。按照“红旗河”课题组的构想：该工程计划从雅鲁藏布江中游取水，采取山区打隧洞、平原开明渠、河道之间用水库等方式，沿青藏高原边缘全程自流，输水至我国西部缺水地区。初步估算，“红旗河”主体工程投资约为 4 万亿元，建设周期大约 10 年。工程实施后，将在西北地区创造 20 万平方千米的绿洲、2 亿亩灌区和牧场，形成一条 1000 千米的运河，使得西北地区具备承载超亿人口生存与发展的空间。

大河流域是促进民族间交流与融合的动力和平台。如果把雅鲁藏布江的水调往黄河上游，是从根本上发挥中国西高东低的自然地理优势，彻底解决黄河缺水问题，进一步促进中华民族发展、维护国家统一有效的措施。而从文明角度来看，调水必然会使生态系统发生变化。生态平衡与水量平衡之间有密切关系。众所周知，一个地区，水量平衡要素如降水、蒸发、地表水与地下水是重要的生态物理因子。调水会影响原来的水文过程，引起自然环境变化，最终导致社会经济变化。也就是讲生态文明是一个人与自然之间互动的文明，一方的改变会引起另一方的变动。因此，我认为合理解决水危机是全人类需要共同面对的难题。

还有一个问题，就是黄河流域旧有的传统农耕文明与现代工业文明怎样和谐发展？这是乡村振兴所需要解决的大问题。20世纪初黄河以洪水猛兽的形象出现在世人面前，当今黄河，在经历了一个世纪的改造后，黄河流域的原有农业生产和生活方式都发生了明显的变化，工业文明、信息文明、生态文明逐一活跃，而农业文明并非完全失去活力，正在以新的方式，譬如生态农业以田园式生活、审美式生活进入人们视野，农业仍有无穷的魅力。

对中华民族而言，黄河日夜奔流不息，家国也将生生永续！

参考文献

1 [北魏]郦道元. 水经注校正[M]. 陈桥驿,校正. 北京:中华书局,2013.

2 《中国河湖大典》编纂委员会. 中国河湖大典·黄河卷[M]. 北京:中国水利水电出版社,2014.

3 [美]比尔·波特. 黄河之旅[M]. 曾少立,译. 成都:四川文艺出版社,2013.

4 曹锦清. 黄河岸边的家:一个学者对乡村社会的观察与思考[M]. 上海:上海文艺出版社,2013.

5 邹逸麟. 千古黄河[M]. 上海:上海远东出版社,2012.

6 [美]富兰克林·H. 金. 四千年的农夫:中国、朝鲜和日本的永续农业[M]. 程存旺,石嫣,译. 北京:东方出版社,2017.

7 胡英泽. 流动的土地:明清以来黄河小北干流区域社会研究[M]. 北京:北京大学出版社,2012.

8 [美]刘易斯·芒福德.城市文化[M].宋俊岭,李翔宁,周鸣浩,译,郑时龄,校.北京:中国建筑工业出版社,2013.

9 陈正祥.长江与黄河[M].北京:商务印书馆,1978.

10 陈启文.大河上下:黄河的命运[M].合肥:安徽文艺出版社,2016.

11 [美]彼得·海斯勒.寻路中国:从乡村到工厂的自驾之旅[M].上海:上海译文出版社,2011.

12 [德]傅海波,[英]崔瑞德.剑桥中国辽西夏金元史:907—1368[M].北京:中国社会科学出版社,2007.

13 黄仁宇.中国大历史[M].北京:生活·读书·新知三联书店,2016.

14 许宏.大都无城:中国古都的动态解读[M].北京:生活·读书·新知三联书店,2016.

15 [加]卜正敏,[美]陆威仪.世界性的帝国:唐朝[M].张晓东,冯世明,译,方宇,校.北京:中信出版集团,2016.

16 辛德勇.黄河史话[M].北京:社会科学文献出版社,2011.

17 李零.周行天下:从孔子到秦皇汉武[M].北京:生活·读书·新知三联书店,2016.

18 李零.茫茫禹迹:中国的两次大一统[M].北京:生活·

读书·新知三联书店,2016.

19 李零.思想地图:中国地理的大视野[M].北京:生活·读书·新知三联书店,2016.

20 李零.大地文章:行走与阅读[M].北京:生活·读书·新知三联书店,2016.

21 史念海.史念海全集[M].北京:人民出版社,2017.

22 岑仲勉.黄河变迁史[M].北京:人民出版社,1957.

23 陈正祥.中国文化地理[M].北京:生活·读书·新知三联书店,1983.

24 范长江.中国的西北角[M].北京:中国言实出版社,2021.

25 何炳武.黄帝祭祀研究[M].西安:陕西人民出版社,2009.

26 [美]刘易斯·芒福德.技术与文明[M].陈允明,王克仁,李华山,译,李伟格,石光,校.北京:中国建筑工业出版社,2013.

27 费孝通.乡土中国[M].上海:上海人民出版社,2007.

28 [美]塞缪尔·亨廷顿.文明的冲突与世界秩序的重建[M].周琪,刘绯,张立平,王圆,译.北京:新华出版社,2010.